トニ=モリスン

トニ＝モリスン

●人と思想

吉田廸子 著

159

CenturyBooks 清水書院

プランク

• 人と思想

100

CenturyBooks 清水書院

まえがき――プランクとアインシュタインの知名度を比較する

プランクという名前を私がしっかりと記憶に留めたのは、旧制・静岡高等学校の理科の生徒の時だった。戦争が末期にさしかかる頃、勤労動員の合間に授業があるといったみじめな状況の中ででではあったけれど、教える側の「こだわり」が学ぶ側に伝わって、奇妙に強い印象を私に与えた。

物理の先生が、「熱」の伝わり方――伝導・対流・放射（当時の用語では輻射）――の話の最後の段で、シュテファン＝ボルツマンの熱放射法則の説明の後に、「この法則を放射の波長の関数として表現したものが二〇世紀の物理学の出発点になったのだ、その功労者がマックス＝プランクである」といった話を加えてくれた。「ステファンでなく、ドイツ語式にシュテファンと読む」などの注意さえあって、日ごろ滅多に脱線しないこの先生が、珍しいこだわりぶりを示したのである。生徒である私も、常になく耳を傾けた。

とはいえ二〇世紀物理学の出発点という説話の意味が、高校生に判る筈はない。その時はプランクの名を覚えるだけで終った。その後のご縁は、「あとがき」で述べるとおり。

いま思えば、私が戦時中の高校でプランクの名を知った頃、既に老境に達していた彼は、ナチス政権下の戦乱のドイツで学術の尊厳を守るべく心を砕き、世界の物理学者の尊敬を集めていた。日本では、彼の『理論物理学』全巻の邦訳が終りに近づき、天野清『熱輻射論と量子論の起原』が識者の注目を惹《ひ》き始めていたのである。

さて今日、読者諸氏の耳に、プランクの名はどのように響くだろうか？

早速だが、質問をさせていただく――

あなたは、プランク、アインシュタインの名を、両方とも、ご存知でしたか？

一方だけだとすれば、それはどちらでしたか？

そして次に、同様な質問を周囲の方がたにどしどし発していただくようお願いしたい。きまじめに統計を取っていただく必要はないけれども、いくつかの答えと回答者の経歴などとの間の相関が、追々に分かってくるのではないだろうか。

私の身辺の人びとについて言えば、相関は、おおむね次のようなものとなる。

理工系の人　両方とも知っていた（やや詳しく言えば、アインシュタインは中学高校の時から知っており、プランクのことは高校の終りか大学で初めて学んだ）。

文科系の人　アインシュタインは（中学高校の時から）知っていたが、プランクのほうは、聞いたことがない。

プランクもアインシュタインも、ドイツ語を母国語とする学者であり、一九世紀の末から二〇世紀前半にかけて活躍し、共にノーベル物理学賞を受けた。

これほどの類似点をもちながら、ここに示した架空問答が暗示するように、現代社会における二人の知名度は、程度の上でも分布の上でも、くっきりと違っている。

アインシュタインのほうは、広く、理科・文科を問わず知られている。プランクは、理科系の、ある程度以上の専門的学習をした人を別にすれば、殆ど知られていない。

私の身近にいる理科系人間のうち、ドイツ語を学んだ人について、もう少し詳しく所見を述べよう。彼らは、ほぼ例外なく、アインシュタインの名前を正確に Einstein と書くことができるけれども、プランクの名前のほうは、Planck と書くべきところを、往々にして Plank と書いたりする（どちらの綴りでも発音はプランクだし、Plank という姓で熱現象の研究をした学者〔Richard Plank〕もいて、その論文が Planck の熱力学の教科書に引用されている位だから、同情の余地は充分あるが）。この事実は、プランクの名が、理科系人間にとってさえ、アインシュタインの名ほどの親近感の対象ではないことを、暗に示しているのではないだろうか。

ドイツ語の綴りに弱い彼らの名誉のために付け足すが、記号でh、あるいはそれに「たすき」を掛けた$\hbar$と書いて示せば、大多数の人（とりわけ物理系の人）は、誤りなく「プランクの定数」と理解する。つまり彼らは、人名プランクの元の綴りはうろ覚えのままで済ませることがあるにせよ、その名の付いた定数hのことは、きちんと教えこまれ覚えこんでいるのである。現代社会で物理にいくらかでも縁のある仕事をする人は、hがプランクの定数であることを知らずに済ませるのはまず無理なのであるが、いっぽう、アインシュタインの理論のほうを「仕事」の上で使いこなす機会はさほど多くなく、実を言うと、筋書きを呑み込んでいる程度で普通は間に合うのである。

では、アインシュタインの知名度の圧倒的な高さは何に由来するのか？

彼の名を世に知らせた出来事をキーワードとして並べれば、(1) 平和運動・世界連邦運動への挺身、(2) 湯川秀樹博士との親交、(3) 原爆開発への微妙なかかわり、(4) 一九二二（大正一一）年の華々しい来日、(5) 相対性理論およびその検証のための日食観測などであろう。学生結婚ののち離婚した最初の夫人ミレーヴァのことも先ごろ話題になった。こうして挙げてみると、彼の知名度が文科系世界にも及んでいるのは当然だと納得できるであろう。

さて、プランクの場合、この種の話題性は誠に乏しい。日本に来たこともない。ゴシップとはまるで無縁である。他の科学者にしばしば見られる興味深い「お話」――ガリレイのピサ斜塔実験#・ニュートンのリンゴの木#・ダーウィンの航海などのたぐい――もプランクにはほとんど認められない。

しかしながら、現代科学を、特にその起源を考えるに当たって、プランクを無視することは決してできない。その証拠は、先ほど述べた「定数h」に歴然と顕われているのである。とはいえ、文科系の方を含む読者を前にして（エッチでない）h談を延々と繰り広げるのは、気の進む仕事ではない。

私が試みようとするのは、センチュリーブックス『人と思想』の見出しに極力ふさわしく、二〇世紀科学の祖プランクの姿と、二一世紀寸前の社会におけるその意義とを、精一杯に描いてみることだけである。

＃　この二つの「お話」は、近年の科学史研究では、否定ないし軽視されている。

このあと、文献は、共通的なものは【記号】を本文中に示し、詳細を巻末にまとめ、個別なものは段落ごとに記載する。

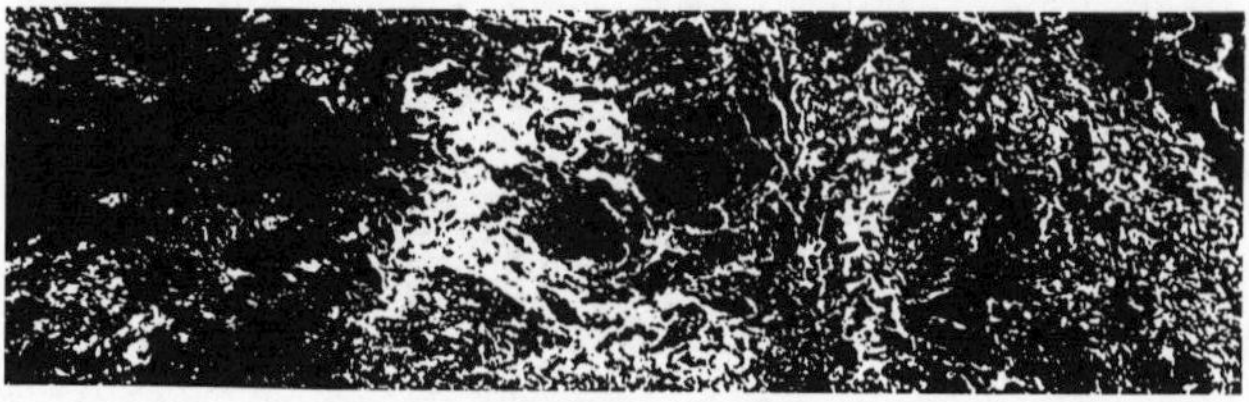

目次

『プランク』関連ヨーロッパ地図

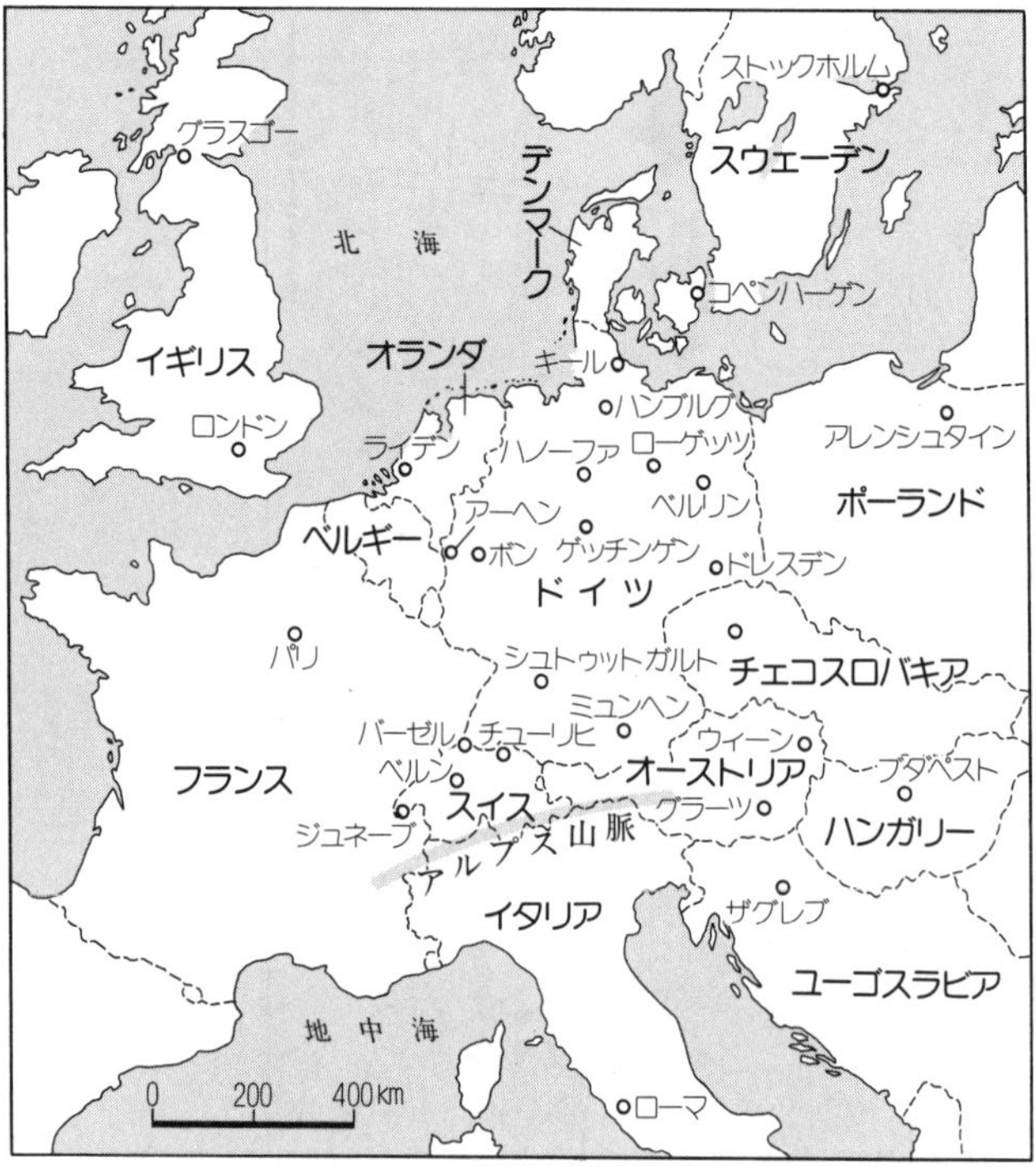

ベルリン北西部文化地図 (1930年代)

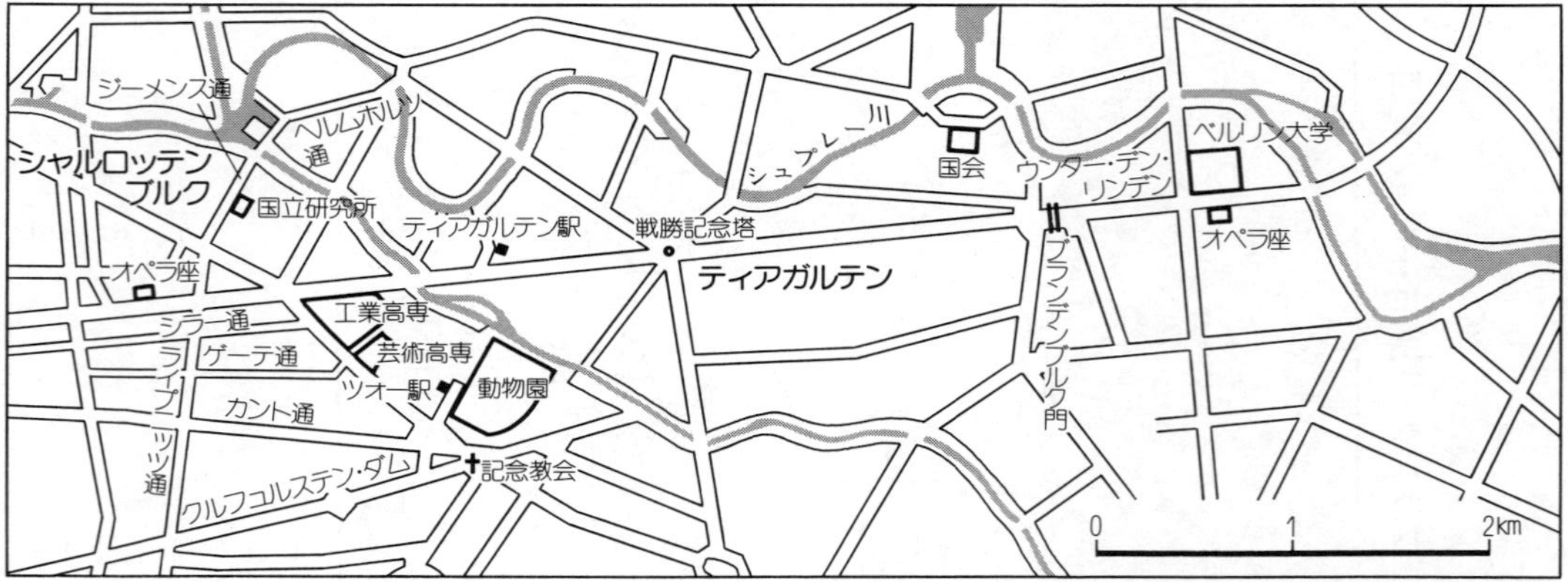

第２次大戦後：ベルリン大学→フンボルト大学／工業高専→工業大学
(帝)国立研→連邦立研／ジーメンス通→アッベ通
また，国立研周辺にフラウンホーファ通，コールラウシュ通，
アインシュタイン堤などの命名がなされた。

I

現代ハイテク社会の中の
プランク理論

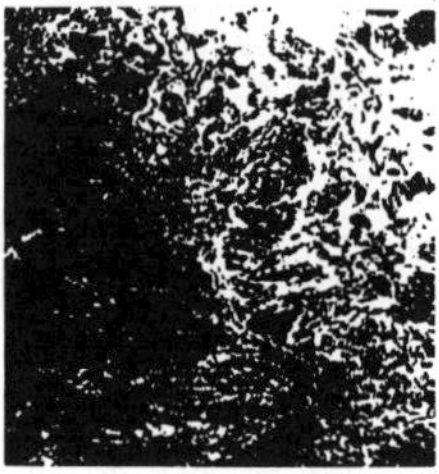

光と電気

質問は止めにして、今度はお住まいの中あるいは職場や街頭で、「電気を通すと光を発するもの」を探していただくことにする。便宜上、記号・番号を付けておく。

E1は、(ガス・レンジほどポピュラーではないだろうが) 電熱レンジまたは電熱ヒーター (古風に言えば電気コンロ)。スイッチを入れると、ニクロム線などのヒーターが次第に赤くなり、強くはないものの、光が発生していることはハッキリと認められる。

E2は、(なかなか見られなくなってしまったが) 白熱電球。タングステン・フィラメントが光る方式の電球は、自動車のライト・玄関灯・街灯などで今も重宝がられている。けっこう「電気を食う」ものであることは、自動車のライトをつけっぱなしにしてバッテリーを消耗させた経験をおもちの方なら、思い当たるのではないだろうか。

E3は、蛍光灯とそのスターター。スイッチを入れるとまず小さなスターター (本名グロー・スターター) が紫色にチカチカ光る。あれにはアルゴン気体が薄く詰めてある。点灯の初期にはアルゴンに電流が流れチカチカと光を発するのだが、その電流が蛍光ランプのフィラメントを予備的に熱する。フィラメントが暖まるとチカチカは消え、ランプ本体に電流が流れて明るくなる。

E4は、テレビのブラウン管。スイッチを入れチャンネルを選び、いくらか待つと、望みの画像の多彩な光が発せられる。

E5はレーザー。ご家庭になくてもショウやお祭りでおなじみになっている筈。

次は、反対に「光を当てると電気的な働きをするもの」。

Ｌ１は、カメラの露出計。近ごろのバカチョン・カメラには、賢明かつ有能な露出計が組み込まれており、光を検知するばかりでなく「しぼり」合わせまでしてくれるので、露出計の働きの説明はしにくくなったが、要するに、光の強さを検知し、それに応じた電圧（場合により電流か電気抵抗変化）を発生するものなのである。プロの写真家あるいはテレビカメラマンは専用の計測器で光の明るさを測るが、それらも「光を当てると電気的な働きをする」現象を利用したものである。公害監視に関連する計測器にも同類は多い。

Ｌ１分類のものには、ヴァリエーションがいくつかある。

一つは「光が〈失せる〉と電気的な働きをする」もの。夕方、うす暗くなるとひとりでにつく街灯があるけれども、あれは「光が昼間より弱くなったことを検知するとスイッチを入れる」構成になっている。エスカレーターなどで、人がゲートを通ると動き出すのがあるが、あれには「光（または、見えない赤外線）が身体で遮られると、スイッチを入れる」仕掛けが付いている。

二つ目のバリエーションは太陽電池。これの任務は検知・計測でなく「光を受けて電圧を持続的に発生すること」にある。エネルギー問題と関連して重視されるようになった。すでに屋上などへ設置なさった方もあろう。

Ｌ２はビデオカメラ。オブジェからの複雑かつ千変万化な光を見事にテープに収めてくれるが、あれも基本的には「光を受けて電気的な働きをするもの」に外ならない。音もとってくれるのだから、「音を受けて電気的な働きをする」能力を兼備している訳で、磁気やメカの協力あっての機械だが、フィルム・カメラに代わるフロッピー・カメラの機能の新鮮味は「光⇩電気」という変換にあると言うべきだろう。

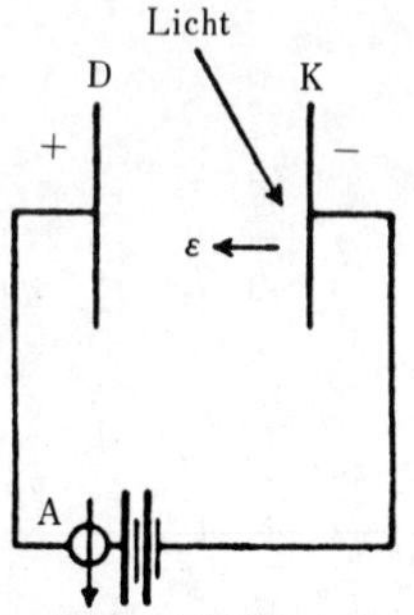

図１　光電効果実験の原理

以上、古なじみの技術からハイテクのツールまで、いろいろ挙げてみた訳だが、その狙いは、これらの技術がすべてどこかでプランクに（より適切な表現をすれば、プランクの理論またはプランクの定数hというものに）つながっている事を、このあと、お話ししたいと考えたからである。

光が金属を叩く——光電効果

前に示した記号ではL１、L２に相当するものの話である。

窓の付いた容器の中に金属の小片Kと電極Dを固定し、容器の中の空気をポンプで抜いて（つまり排気して）真空に近い状態をつくり出す（図１）。電池を使って、金属片Kと電極Dとの間に、適当な直流電圧を掛けておき、電流計Aをつないでおく。

KとDとの間は、真空に近い（ごく薄い気体しか存在しない）状態であるから、通常この回路には電流は殆ど流れないのだが、窓から光を入れ金属片Kに当てると、電流計Aの針が振れて、電流が生じたことが分かる。

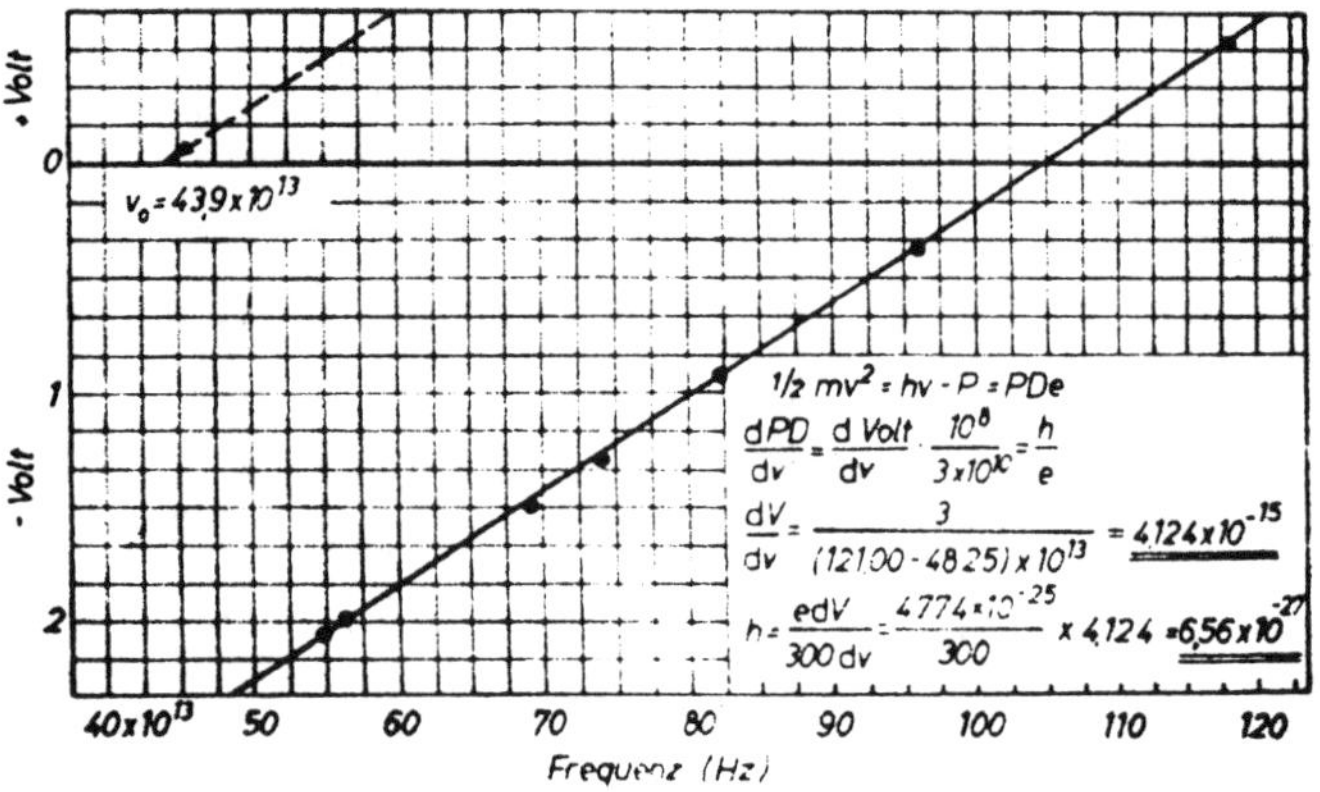

図 2　ミリカンによる定数 *h* の決定（1913年）【トリッグ】

このような現象に初めて深い注意を払ったのは、ドイツの若い物理学者ヘルツ（H. Hertz）、時代は一八八七年、電磁波というものの存在を実験で確かめた彼の有名な研究の予備段階での貴重な発見であった。いま歴史の細かい点にはこだわらないほうがよいであろうが、セレンという金属に光を当てるとセレンの電気抵抗が変化するという現象は、ヘルツの研究より十年ほど早く知られていたし、ヘルツの研究そのものは、そののち引き続いてドイツのレーナルト（P. Lenard）、アメリカのミリカン（A. Millikan）、ソ連のヨッフェ（A. F. Joffe）ほか大勢の人の手で拡張されてゆく。物体に光を当てると何かしらの電気的な変化が生ずるというこの種の現象は、まとめて光電効果と呼ばれるようになり、一九世紀の末から二〇世紀にかけて、さまざまな議論を招き、同時に豊富な応用面をもつに至ったのである。応用面を思い出していただくためには、かの「鉄腕アトム」君に登場してもらえば充分であろう。あの有能な少年の「眼」は光電管で構成されていた。光電管とは、光電効果の最も直接的な応用例なのである。

図に戻って、実験の話を続けよう。光を強くすれば電流が増すことは間違いない――では、電圧を変えたらどうなるか、金属の種類を変えたらどうなるか。大勢の実験家の努力で、こうした条件のもとでの光電効果に関する知見は急速に豊富になった。セシウム、カリウム、リチウムなどの金属を使えば、比較的低い電圧を掛けておくだけで、弱い光を原料にしてかなりの電流という収穫を得ることができるし、ある範囲では光の強さと電流の大きさとが比例する（エルスター（J. Elster）とガイテル（H. Geitel）、一九一三年）。

工学系の人にとっては、これだけでも少なからぬ魅力として映ずる。例えば光のエネルギーを電気のエネルギーに変換するのに役立つのではないか、あるいは光の強さを計測するのに役立つのではないか、光の像を電気信号に変えて遠方へ伝送できるのではないか、等々。ここでいう変換、計測、伝送がそれぞれ後年の太陽電池、光電測光（露出計など）、テレビジョンとして立派に実用化されていることは、読者が連想なさるとおりである。マンガのアトム君の眼に用いられていた光電管は、今日ふうに言えば、光情報を光電効果で電気信号にかえるところの視覚代行器官の最も分かり易い例であると言えよう。

さて、光電管の性質とりわけそこに入ってくる光の強さとそこから出てくる電流の大きさとの比例性といったことは、必要に応じ数式で、たとえば

$$I = cB \tag{1}$$

と表わすことができる。Iは電流の大きさ、Bは光の強さを表わし、cは比例定数で、その値は、光を受ける物質の種類や表面状態、掛けておく電圧で異なり、また光の質（特にその色）で異なるのだが、実験家たちがていねいに調べてくれたお蔭で充分に細かく分かっており、便覧などに整然と記載されている。技術者たちは、望みのものをかなりまで自在に設計し製作することができるのである。気取った言葉を使うと、光電管を一つの「ブラックボックス」とみなし、入るもの（インプット）Bと出るもの（アウトプット）Iとの比例関係さえ知っておけば足り、ボックスの中の事は関知するに及ばずという訳だ。

理学者の困惑

ここで話を理学の畠に移す。「ボックス内は関知無用」で済ますことができれば、理学者たちも格別うろたえずに古典学の牙城を守って安泰でいられたのかもしれないが、ボックスの中を暴くのを天職と心得ている理学者たちは、全く因果なことに、予想もしなかった事実を明らかにしてしまったのである。

図に戻る。光を当て電流を測る実験が一段落ついたら、金属片Kと電極Dの間に掛けてある電圧を少しずつ下げてゆく。電圧がある限度以下の範囲に入ると、光は当たっているのに電流は急に少なくなり、やがてゼロになる。「原料」である光を注ぎ込んでやっても電気的な「収穫」を外へ取り出すことができなくなってしまったのだ。

この事実には、ふた通りの解釈がありうる。一つは、金属片Kの内部から電気的なものを呼び出して真空の場所に開放してやるためには、一定の「元手」が必要だということ。もう一つは、開放された電気的なものが、電極Dに達する（いわば、向こう岸までたどり着く）には、それなりの「勢い」をもっていなければならないこと。

一九〇〇年前後のさまざまな実験の結果、どちらの解釈も正当だと承認された。

ところで、皆さんにおなじみのアインシュタインは、インフェルトと共同の好著『物理学はいかに創られたか』（岩波新書、石原純による邦訳、初版は一九四〇年）で、一九〇〇年前後の実験の狙いと実験家の貢献をこの上もなく適切に要約した――

……光が金属に当たるとしますと、これはその金属から電子をとび出させます。電子は金属から引き裂かれて、それらの驟雨がある速度で驀進します。……

近代の実験的技術のおかげで、私たちはこれらの電子弾を記録し、その速度、したがってまたそのエネルギーを測定することができます。

実を言うと、アインシュタインのこの文には、私たちが（本書のここまでの範囲で）初めて見る語が含まれている――「電子」である。現今、電子レンジでおなじみになったこの語も、一九世紀後期に考え出され、あれこれの議論を呼び起こしたのであるが、二〇世紀の幕が上がろうとする頃には、「電子」の素性はほぼ明らかになっていた――それは、マイナスの一定量の電気eを帯びた、極端に小さい「粒」であり、小粒ながら目方（質量）mをもち、プラスの電極があればそこへ引き寄せられて流れ、そして、たくさんの電子の流れが電流計に入れば電流計の針は振れるのだ、等々。

さて、上に述べた「電圧を下げてゆく」実験の内容を、アインシュタインの文章に添って、つまり、電子という言葉を使って言い直せば、「電子を金属から引き裂く」のに必要なエネルギー#の測定および「ある速度で驀進する」電子のもつ運動エネルギー##の測定を可能にする実験だった、ということになる。

\# 前に「元手」と呼んだもの。

\## 前に「勢い」と呼んだもの。

その種の実験が手広く行なわれた結果、次のことが明らかになった——

(a) 特定の金属から電子を引き裂くためには、ある限界より短い波長をもつ光（つまり、ある限界より高い周波数をもつ光）を当てなければならない。

(b) 驀進する電子の運動エネルギーは、当てる光の強さには依らない。

(c) 驀進する電子の運動エネルギーは、当てる光の周波数に比例して増加する。

(d) 引き裂かれ驀進する電子の個数は、当てる光の強さに比例する。

くどいようだが、これら四つの結果は、技術的な応用の上では、さして深刻な事態を招くものではない。四つのことをシカとわきまえて利用面をどしどし開拓すればよろしいのである。特に(d)は、前に示した「光の強さBと電流の大きさIとの比例性」と同等なのであるから、単に表現が変わっただけなのだと割り切っていっこう差し支えない。

しかしながら理学者は、ここでハタと困ってしまった。結果のどれもが、当時の他の知識と根本的に対立するものだったからである。「困った」訳を二つ三つ挙げておく——

光がエネルギーをもつことは前から分かっていた。しかし青くて弱い（周波数は大きいがエネルギーは小さい）光を当てるだけで電子を引き裂き驀進させることができるのに、赤くて強い（周波数は小さいがエネルギーは大きい）光を当てても電子を出させることができないのが、まず不思議である。

電子驀進の運動エネルギーが光の強さすなわち光のエネルギーに依らないで、周波数に依るというのも、誠に不思議である。鉄砲玉の運動エネルギーは、火薬爆燃の「強さに依る」ではないか。反面、波動としての光のエネルギーを決めるのは、振幅であって、周波数ではない。エネルギーが周波数に依るなんて——ランフォード（Count Rumford, B. Thompson）じゃあるまいし#。

最後に、電子の個数がものを言うというのは、それなりに電流の強さと直結しているからよいとして、出てくる（アウトプットの）電子の個数が光の強さに比例するとなると、インプットの光のほうも、旧式なパチンコの指使いさながらの断続的な働きをしているかに思われて、連続した流れ込みのイメージとまるで食い違うではないか。

♯　一八世紀の末から熱や光の研究を続けたランフォードは、熱を振動と考え、熱い物体は高周波で振動し、冷たい物体は低周波で振動すると見なした【マッハ、一二七ページ】。ランフォードのこの考えは、もちろん素朴な類推にすぎなかったが、私のh談議をお読みになった後で再考していただくと、何か思い当たるところがあるかもしれない。

アインシュタインのデビュー　理学者たちが困り果てているところに天才が現われて、次のような形の式を書いた（記号はこれとやや異なる）。

$$\frac{1}{2}\cdot mv^2 = h\nu - P \quad (2)$$

$$= h\nu - h\nu_0 \quad (3)$$

$$= h(\nu - \nu_0) \quad (4)$$

天才の名は、本書では既に何度も登場したアインシュタインだが、時期は一九〇五年、二六歳にすぎず、ほとんど無名に等しかった。

式の左辺は、驀進する電子に関する量を表わし、mが質量、vが速度であり、$1/2\cdot mv^2$は運動エネルギーということになる。右辺のPは、電子を金属から引き裂くのに必要最小限のエネルギー（力学的な意味を強調する言葉を使えば、「仕事」）、νは当てる光の周波数だが、特にν_0と書いたものは、前記の(a)の意味の限界の周波数を表わす。

さてhは、注意深い読者にとって待望のものである筈だが、注意深くない読者がおられても一向に構わない。どちらの読者も、差し当たりhは比例定数とお考えになればよろしい。大切なのは、式(2)、(3)、(4)が事実(a)、(b)、(c)、(d)のすべてを申し分なく表現している、ということである。その対応の妙をとっくり味わっていただきたいのだが、手っ取り早くのみこみたいという読者のために、この上ないヒントを差し上げることにしよう。三つの式（に相当するもの）を初めて書いたアインシュタインは、式に添えて、次のような説明を与えた#のであった。

『光量子論』、物理学古典論文叢書、一九六九年、東海大学出版会、一五ページ。

刺激を与える光がエネルギー$h\nu$のエネルギー量子で構成されているとする見解をとれば、光による陰極線［電子の流れ］の発生は次のように解釈される。物体［この場合には金属］の表面層にエネルギー量子が入りこみ、そのエネルギーが、少なくとも部分的には、電子の運動エネルギーに変わる。……物体を離れようとしている電子おのおのが、その物体を離れる時に（その物体について特性的な）仕事Pをする筈だ、と考えるべきであろう。表面のすぐそばの場所で表面に垂直に刺激された電子は、最大の法線速度で表面を離れることになる。このような電子の運動エネルギーは

$$h\nu - P$$

である。……

刺激を与える光のエネルギー量子おのおのが、他のこととはいっさい無関係にそのエネルギーを電子に与えるのであるから、電子の速度分布すなわち発生した陰極線の質は、刺激を与える光の強さとは無関係になる。他方、その物体から出てくる電子の数は、その他の条件が同じなら、刺激を与える光の強さに比例することになる。……

科学の歴史的発展の面白さと教訓性をアピールするための事例としてこれに勝るものは稀だろう、と言わざるをえない♯。実験事実の解釈が宙に浮いていたとき、全く新しい理論が提起されて決着がつき、しかも現象の本質についての革命的な発想が誕生したのだ。この場合、光は「空間の点に局在するエネルギー量子（Energiequanten）からできている」のである！　同じ論文に、光量子(Lichtquanten）という語も出てくる（一九二六年、ルイス（G. N. Lewis）はそれを「光子 photon」と名づけた)。

♯　ただし彼はhを別な形で書いた。原論文か訳書を参照。

プランク定数hの登場　数式に戻ろう。運動エネルギー$1/2 \cdot mv^2$および仕事Pは、アインシュタインの理論よりずっと前から使われてきた概念であり記号であって、べつだん斬新なものではない。エネルギーの量子とか光の量子とかの革命的な概念は、式の$h\nu$のところに潜んでいるのである。そしてνは、昔なじみの周波数。とすれば、革命の象徴は、hにこそあるのだ。

私たちのh談議は、ここでようやく最初の現場に足を踏み入れた。

周波数νの前にかかる比例定数hは、予想外に深い意味をもっているようだ。その点は追々に他の現場も見ながら考えよう。今は、二つのことだけを注意しておく――

このhを、「プランクの定数」と呼ぶ。本書の主役がやっと顔を出したのだ。

hに周波数νを掛けたものがエネルギーなのだから、hは、エネルギーを周波数で割ったものである。周波数で割るとは、時間を掛けることである。結局、hは、エネルギーに時間を掛けた量だということになる。この量を、物理では「作用（action, Wirkung）」と呼ぶ。そこでhには、作用量子の名も付けられている。

物理の用語と記号に辟易しない方のための付け足しと予告　右の節で掛けたり割ったりと書いたのは、厳密には、（単位付きの）数値の話としてよりも「次元（dimension）」の話と解していただくほうがよい。そして、ここでついでに、次元の対応関係として

［運動量p］掛ける［座標q］　～　［作用］　～　［h］

を思い出しておくと、たいへん好都合である。

語学にうるさい方のための付け足し　$h\nu$を、英語圏ではエイチ・ニューと読むが、ドイツ語

圏で（のみならず、かなり多くの物理屋）は、ハー・ニューと発音する。

現象の表と奥――光量子を数える

プランクの定数hの革命的な意義の一側面が、これでひとまず明らかになった。

私だけの感想かも知れないが、数式について一言――式(2)、(3)、(4)のどれを見ても、光あるいはそのエネルギーが「空間の点に局在する」といったイメージつまり「とびとび」、「離散的」、「不連続」などのイメージを直接には読み取ることはできない。hとmは普遍的な定数、Pとν_0は金属の種類で決まる定数であるが、νとvは、どんな値にでも――連続的に――変わるものとして記述されている。実験上でも同様で、周波数νが僅かずつ違う光を順次に当ててそのつど電子の運動エネルギーを測れば、それなりに僅かずつ違うvの値が得られ、「不連続」といった印象は全く認められない。アインシュタインのこの理論（光量子論と呼ばれることになった）にせよ、プランクの定数hにせよ、数式の外見においては、連続論での表現と同様な姿で記述されている。言い直せば光電効果そのものが、「現象論的」には連続論の式(2)、(3)、(4)で表わせるということに他ならない。問題は「現象の奥」にあるのだが、数式それ自体は「奥」への洞察を呼び起こしてくれない。

以上の私の感想は、もちろん、事柄の一局面についてのものでしかない。重要なのは、三つの式のどの形も、「一個」の電子を引き裂き驀進させる過程での量的な関係をうたっているという点、そして、それに対応する光は、$h\nu$という塊で考えなければならないという点にある。その意味で、ずっと前に示した(1)式が含意する連続性――「光が連続して流れ込むのに応じて、電流が連続的に流れ続ける」――とは、本質的に異なる。一個の電子に対応する一個の光量子を考えたアインシュタインは、やはり偉かったのだ。

それにしても、光の塊$h\nu$を直接に観測することができるのだろうか？

光子計数（フォトン・カウンティング）という立派な技術がある。光電管にさまざまな改良を施した光電子増倍管という装置に光を入れ光を段々に弱くしてゆく。アウトプット電圧をオシロスコープの画面で見ていると、やがて飛び飛びのパルスが現われる。パルスの一個一個が、光の塊$h\nu$に対応しているのである。パルスを数えれば、$h\nu$の数すなわちインプットの光の強さが求められる。熱のざわつきに起因するパルスを消し止めるために受光面を冷やしたり回路を工夫したりする必要はあるけれども、アインシュタインの説明どおりの事が画面で眺められる。理論とハイテクとの素晴らしい接点である。

原子スペクトル――とびとびの色　前に示した記号のE3に相当するものの話に進む。

既に述べた蛍光灯のグロー・スターターのアルゴンの薄い気体に電流が流れると、気体中の放電が起こり、アルゴンに特有な紫色の光が発せられる。この気体は多数のアルゴン原子の集団だが、その原子一個一個が、刺激されると紫色の光を出すのである。この種の光を原子のスペクトル線と呼ぶ。身近な現象ながら、ここでも「奥」はけっこう深いのである。同様な現象は、アルゴン以外の物質の原子にもそれぞれ見られる。

ナトリウム原子は黄色の光を出し、水銀原子は青い光を出す。トンネル内の照明に使われるナトリウム・ランプや、公園やナイターの照明に利用される水銀灯は、おのおの、原子のスペクトル線を多少ぼやかした形で利用しているのである。

夜空を彩るネオンサインあるいは花火の華麗な色は、それぞれネオン、ストロンチウムその他の原子の発光現象にあれこれ工夫を加えて巧みに発色させたものである。

原子が出す光の特徴は、何よりもまず色がとびとびで、しかも一つ一つの色が単純であること――その事を物理では「単色」という。太陽や白熱電球の光はさまざまな色の光をべったり含んでいるけれども、原子のスペクトルの一つ一つは、いつも単色である。ただし、ナトリウムが黄、水銀が青……というのは、その原子の多数のスペクトル線の中でずば抜けて「強い」光のみに着目しての話であって、その外に、弱い、だがもちろん個々には「単色」なスペクトル線がたくさん出ている。

一九世紀後半から、多くの実験家がスペクトル線の波長や明るさの測定に力を注いだ。

二〇世紀の十年代にゾンマーフェルト（A. Sommerfeld）著『原子構造とスペクトル線』という本

が刊行され広く利用されたのだが、改版のたびに内容の大幅な変更がなされて、読む人を驚かせた。その事実から推測されるように、当時は、原子構造にせよスペクトル線にせよ、先端的な課題の一つであり、また日進月歩の知識の集積の場だったのだ。そして歴史的に言えば、これらの知識の集積が、物理学の新しい基礎である「量子力学」を育てるための貴重な栄養源となったのである。

さて、スペクトル線に関して最も重要な実験値は、波長λあるいは周波数νである。いっぽう、原子のうちで構造が最も簡単なのは水素である。一八八〇年代すでに、水素原子が出す多数のスペクトル線それぞれの周波数νに関し

$$\nu = R\left(\frac{1}{n^2} - \frac{1}{m^2}\right) \qquad (5)$$

の形の、系統的な「差」の関係の成立することが知られていた。Rは定数であるが、nは1、2、……。mは$n+1$，$n+2$，……という割り切れた数（整数）を表わしている。二〇世紀に入ると、水素以外の複雑な原子の多数のスペクトルについても(5)式を拡張した形の式で、周波数を表わすことができるようになった。

読者はお気付きであろう——スペクトル線の周波数の実測値を表わすこれらの式は、分母に1、2、3、……という、とびとびの整数の二乗を含んでおり、何か「離散的」なものを暗に意味しているかに思われるではないか。

その点だけがきっかけになった訳ではないのだが、スペクトル線の周波数の「とびとび性」という実験事実をつねづね気にしていた理学者たちは、やがてそれを原子そのものの構造に結び付けて考えるべきだと気付き、新しい原子構造論への道を切り開いたのであった。リーダーは、前出のゾンマーフェルトとデンマークのボーア（N. Bohr）であった。

とびとびの原子状態

理学の本領に反するけれども、原子の中の細かい事柄（原子核とたくさんの電子が……のたぐいのこと）に振り回されるのは避けたいから、思い切って原子をブラックボックスと見なしてしまおう。そこに刺激を加える――刺激は、グロー・スタータ一の時のような電流でもよいし、熱を加えることでもよい。刺激を受けた原子は、元とは違う状態になる。元の状態を基底状態、刺激を受け止めた状態を励起状態と呼ぶ。

基底状態の原子に比し、励起状態の原子は、より多くのエネルギーを貰っている。それぞれのエネルギーをE_1、E_2で表わす。E_2はE_1より大きい、つまり$E_1 < E_2$。

励起状態にある原子は、刺激が消失すれば勿論のこと、刺激が続いていても刺激の源泉から遠ざかったりすれば、元の基底状態に戻る。戻る時には、エネルギーの差額を放出する。差額は、この場合（$E_2 - E_1$）である。

いっぽう、エネルギー放出の一般的な姿は、光である。グロー・スターターの光を始めとして、原子のスペクトル線は、このようにして放出された光なのであり、そのエネルギーは、いく通りもの状態の間のエネルギーの差額（E_2-E_1）等で決まる。

こうして、量子論の若年期における原子構造説およびスペクトル線解釈は、およそ次のようにまとめられるに至った――

原子の諸状態のエネルギーE_1、E_2、……は、とびとびの値しか取りえない。

従って、エネルギーの差額（E_2-E_1）等も、とびとびの値しか取りえない。

従って、スペクトル線の周波数νもとびとびの値しか取りえない。

原子のとびとびの状態を「エネルギー準位」、とびとび状態相互間の移り変わりを「遷移」と呼ぶなど、概念や用語も次第に整備され、この方面の知識は年を追って充実の一途をたどった。そのような進歩がゾンマーフェルトの書物のひんぱんな改定を強いた訳だ。

さて、右に示した「まとめ」には、肝心なもの――我らのh――がまだ姿を見せていない。しかし、光電効果研究史の筋書きを理解なさった読者は、この「まとめ」にhを書き込むことがお出来になる筈である。光あるいはそのエネルギーの塊に$h\nu$という表現をあてはめればよい。総まとめを数式で書いておく。

あるいは

$$h\nu=E_2-E_1 \tag{6}$$

$$\nu = \frac{E_2 - E_1}{h} \qquad (7)$$

私はここでも前と同様な感想を抱く。式(6)、(7)の外見は、連続論的である。非連続性、とびとび性は、むしろ式(5)のほうにクッキリと現われている。

もちろん、この感想も前と全く同様に局面的なものである。式(5)は、多数のスペクトル線に関する知見の総合であり、それに対して、式(6)、(7)は、原子の二つの状態の間の「一回の遷移」による「一個の光量子の放出」を記述しているのである。

ともあれ我らのhは、こうして原子の構造の内部の議論にも、またスペクトル線の周波数の系列性の議論にも、立派な働き場所をもつことになったのである。

歴史に少々こだわれば、ボーアだって最初からhを使った訳ではなく、研究の途上では電子の運動エネルギーEと回転周波数νとの間の関係についての特殊な仮説と称して

$$E = K\nu$$

などと書き、Kはプランクの定数のオーダーの値（$0.6h$ほどの）をもつ定数だなどと考えていた（一九一二年の覚書♯）。学問は一挙に真理へ到達するものではなく、あれやこれやの試みの果てに、じわじわと進歩を成し遂げるのだ。

♯　広重徹　辻哲夫らと共著の『現代物理学の形成』、一九六六年、東海大学出版会、一五八

ページ。詳しくは【メーラ】の1-1, p.184～186.

前に示した記号のE 3からE 4にかけての話である。

蛍光——お茶の間の色彩美学

お茶の間に入り、蛍光灯で部屋を明るくしテレビをつけて画面を楽しむ——このありふれた習俗の中でも、プランク定数はひっそりと、しかし不可欠な働きを続けている。

まず蛍光灯。グロー・スターターのチカチカが終り、筒型あるいは環状の蛍光ランプがパッと明るくなる。スイッチを入れれば光ってくれるのだから、中身を問わなくてもよい訳で、ブラックボックス扱いをしてもよいのだが、こんな明るい器具を「ブラック」ボックスと呼ぶのはしっくりしないようだ。中身をいくらかでも探っておくことにしよう。

蛍光ランプの中には、アルゴン気体のほか、水銀も入っている（後者は、わずかな分量ではあるが、有害物質だから、廃棄の際には注意しなければならない）。例のグロー・スタータ―のお蔭でランプ内のフィラメントが熱せられ、水銀は蒸気になり、電流で刺激されて励起状態に遷移し#、それが基底状態に戻る際に、水銀原子に特有のスペクトル線を発する。そこまでは前述のとおりだが、特徴は、このスペクトル線の周波数が高い（波長が短い）こと。実は、眼には見えない紫外線なのである。

アルゴン気体は、水銀の励起を助けるために入れてある。

この紫外線が、ランプ内壁に当たる。内壁には、いわゆる蛍光物質が塗布してある。蛍光物質の名前は一般にややこしいが、白色蛍光灯の場合、代表的なのはハロリン酸カルシウムにマンガンやアンチモンを少し加えたものである。この物質が紫外線で刺激され、それもまた「励起」され、続いて、基底状態に戻るのだが、戻る時には、眼に真っ白く見える「光」を出す。その光が、お茶の間を照らすのだ。

たかが蛍光灯と軽く考えていた方も多いかと思うが、その中身はかなり複雑で、基底状態から励起状態への遷移、および励起状態から基底状態への遷移が、二段構えで（水銀と蛍光物質の両方について）利用されており、いわばそれらが連鎖をなしているのである。

さて、こうした遷移においてプランクの$h\nu$が活躍することは、既に読者が察知なさっている通り。強いて付け足せば、次の二点には注意を払っておかれるとよいであろう――

水銀からの紫外線は高い周波数νをもつので、そのエネルギー量子$h\nu$は大であり、激しい励起効果を引き起こす#。

蛍光物質は、紫外線で刺激されて励起状態に遷移するが、基底状態に戻る時には、「眼に見える」可視光を発する。その周波数νは、紫外線のそれに比し、小である。つまり最後のアウトプットの$h\nu$は小さい。

ここでは数式を敬遠するけれども、$h\nu$の大小関係、あるいはむしろその得失を気になさる向きもあろう。途中で大きな$h\nu$を使いながら、アウトプットの$h\nu$が小さいというのは、どこかで損をしているようにも見える。そこは勿論、人間にとっての有用性の見地から再考して納得すべきである――紫外線は、人間の肌を焼いてくれるものの、お茶の間を明るくしてはくれない。「可視」光をたっぷり出すことこそが照明器具の本分なのである。そして、νの大小のほかに、量子$h\nu$の「個数」を考える必要がある。結論は簡単だ――蛍光物質は、量子の集団を上手に統御してくれる貴重な変換器なのだ。

＃　既述の光電効果でも、紫外線は可視光以上に激しい働きをし、電子を金属からスイスイと引き裂き、高速で驀進させるのである。

お茶の間が明るくなったら、今度はテレビの話に進もう。

テレビのブラウン管においても、蛍光物質が「変換」の主役をつとめている。ただし今度のインプットは、電子の流れである。流れてゆく電子がエネルギーをもっており、それが蛍光物質に当たれば励起作用をもたらし蛍光物質を発光させるといった仕組みについては、もはや説明を必要としないであろう。ただしカラーテレビでは、赤・緑・青のいわゆる三原色それぞれについて電子の流れがつくり出され、蛍光物質も三種類もちいられスクリーン上の微小要素ごとに交互にびっしりと並べられているのであって、なかなか複雑なものと言わなければならない。いかにもハイテクの産物という印象がある。

ハイテク技術者たちは、電子の運動エネルギー、蛍光物質のエネルギー準位、そして赤・緑・青の光のエネルギー量子をはじめとして、詳細なデータを基にした設計を進めてゆく訳だが、その途上、何度となくプランク定数hを含む計算をしているに違いない。

光の化学――写真・日焼け・クロレラ

ビデオ・カメラが普及しても、昔からのカメラの人気はまだまだ落ちていないようだ。カメラのレンズを通った光は、フィルムに到達し、化学的な変化を引き起こす。ここでも、当然ながら$h\nu$がものを言っている。ちなみに、暗室の作業のために使われることのある赤い光は、周波数νが小さいから、そのエネルギー$h\nu$も小さくて、フィルムに過分な影響を与えることはないのである。

赤い光より更に小さい周波数νをもっているのが赤外線である。赤外線は肌を暖めてくれるけれども、肌を焼く能力をもち合わせていない。肌を焼くという作用は化学的なものであって、大きなエネルギー$h\nu$、高い周波数νの紫外線を必要とするのである。

肌を焼く話など、はしたないと言ってはいけない。ノーベル物理学賞の朝永振一郎先生の名著『量子力学』（初版一九五二年、みすず書房、七一ページ）でさえ、この話をていねいに述べておられる。その節の結びの言葉は、誠に教訓的である――

……光の粒子性というものは、量子物理学者だけが、物好きに考えている事だとか、それを発現させるにはものものしい実験装置が必要であるなどと言って敬遠していてはいけない。我々の日常生活のいたるところにその現われが見出されるのである。

その朝永先生が、戦後の一時期、人びとの苦境を解消するのに役立つ研究をしようとお考えになって、光合成（こうごうせい、ひかりごうせい）という問題の勉強を開始なさったらしい。光合成とは、植物が光のエネルギーを吸収して二酸化炭素と水とから有機化合物を合成する過程を指すが、高等植物の緑の葉から単純なミドリムシに至るまで、地表の陽の当たる場所ならどこでも絶えず行なわれている基本的な過程であって、食糧問題・環境問題とも密着した重要な研究課題である。この問題でも光量子の$h\nu$が活躍するから、先生の関心を誘うところは大いにあったのだろう。クロレラを使おうというこのお仕事は、いつか沙汰止みになってしまったようだが、当節、バイオテクノロジーの一課題として改めて注目されていることは、読者の記憶の一隅に留まっている筈である。

以上の説明の中の光電効果、原子論、光化学の分野の研究の歴史については、【ゲルラッハ】、【トリッグ】を参照した。

レーザー――ハイテクの寵児　記号も残り少なくなって、E5の番である。

一九六〇年に実現されたレーザーは、まさに現代ハイ・テクノロジーの寵児と呼ぶにふさわしい存在であろう。その利用面は、通信・計測・高速演算・加工・医療からレーザー・ディスクと、とめども無く広がってゆく。

レーザーの光（可視は無論のこと、赤外、紫外の範囲でもふんだんに使えるようになった）の特徴としては、限りなく「単色」的♯で、拡がることなく伝わってゆき、一般に強烈であり、工夫しだいで短時間に集中発生させることができる、等が挙げられよう。

♯　前に述べた原子のスペクトル線の単色性に比べ、けた違いにすぐれている。尤も、「限りなく」とは、文学調に引きずられ過ぎた表現であった。「目下、人間が自在に使いこなせる範囲で最高にシャープな単色性」と言い直しておく。

レーザーの歴史では、プランクよりもアインシュタインの貢献のほうが重要なので、本書では余り深入りできないが、すぐれた入門書♯に示されているたくさんの数式の中の第一章・第一式を抜き出して見ると、「光の周波数 ν_0 は

$$\nu_0=\frac{E_2-E_1}{h}$$

で与えられる」となっている。本書の読者にとっておなじみである筈の(7)式と同形の式が、レーザー教科書の冒頭にも登場する——その事だけはご承知おき願いたい。

♯　田幸敏治・大井みさほ『レーザー入門』、一九八五年、共立出版。

熱放射——ざわめく量子集団

記号番号のいちばん若いE1とE2が最後になってしまった。電熱ヒーターや白熱電球の話だから、さしてハイテク風ではない。

原子スペクトルからレーザーへと「単色性」のよいほうに話題が移ってきた後、今度は逆転して、限りなく「非単色」的な放射の件に転ずるのである。

既に取り上げた水銀灯は、普通の蛍光灯の場合よりも濃く（高圧状態で）水銀蒸気を含んでいるので、そこに電流を通した時に出現する放射は、「単色性」とは程遠いものになっている。水銀原子のスペクトル線にしてもシャープさを喪失しているし、そのほかに連続スペクトルというものが重なる。特定の色だけが目立つことは最早ないのだ。

白熱電球は、タングステン（に微量の「つなぎ」用の物質を混ぜたもの）で出来たフィラメントが電流で直接に熱せられて輝くものである。今度の主役は、電子・原子の個々の働き（励起とか、その反対の過程とか）でなく、熱エネルギーそのもの。言って見れば、フィラメントなどの形をした固体の中で、所定の場所に縛り付けられた原子たちが熱の作用でざわざわとうごめき、その余波が放射となって外へ出て行く趣なのである。

タングステン・フィラメントを直視するのは眼に悪いから、電熱ヒーターのスイッチを入れた後しばらく電熱線を観察なさることをお勧めしたい。始めはなんの輝きも見えないが、手を近付ければホンノリとした暖かさが伝わって来る。さて、見えないが暖かさを遠くへ伝えるものとは何か？

言うまでもなく赤外線である。

やがてヒーターが薄赤く光を発し始める。可視光が出るようになったのだ。ヒーターからの光は段々と強くなり、同時に、赤っぽさが減って白っぽくなる。電流を増せば更に白っぽくなるのだが、ヒーター線が切れるおそれがあるので、無理は禁物。その先は、タングステン電球のように「白熱」状態になるのだなと、推察していただくしかない。固体の「温度」が高くなるにつれて外への「余波」の出方が変わるという事実は、これで大体お判りであろう――ニクロム材とタングステン材とでは当然ながら違いはあるが。製鉄製鋼などの高温作業のヴェテラン諸氏は、昔からこうした知識を身に着け、マニュアルとして活用していた（図3）。

図3　ヴェテラン技能者の空洞放射観察

ただ、電熱線の観察で追加していただきたいことが一つある。コイル（巻き線）状のヒーター線の内側は見えにくいだろうが、そこをしかと見て、その傍の外側と見比べる。色は似たようなものだが、明るさはいくぶん違う。内側のほうが明るいのである。

内側と外側とで「温度」はほぼ同じなのだけれども、外側の余波はそのまま出ていってしまうのに、内側の余波は、対面する向こうの内側と助け合って、外側のより強くなり、より明るく見える訳だ。電球フィラメントは、たいていコイル状に（しばしば二重のコイル状に）作

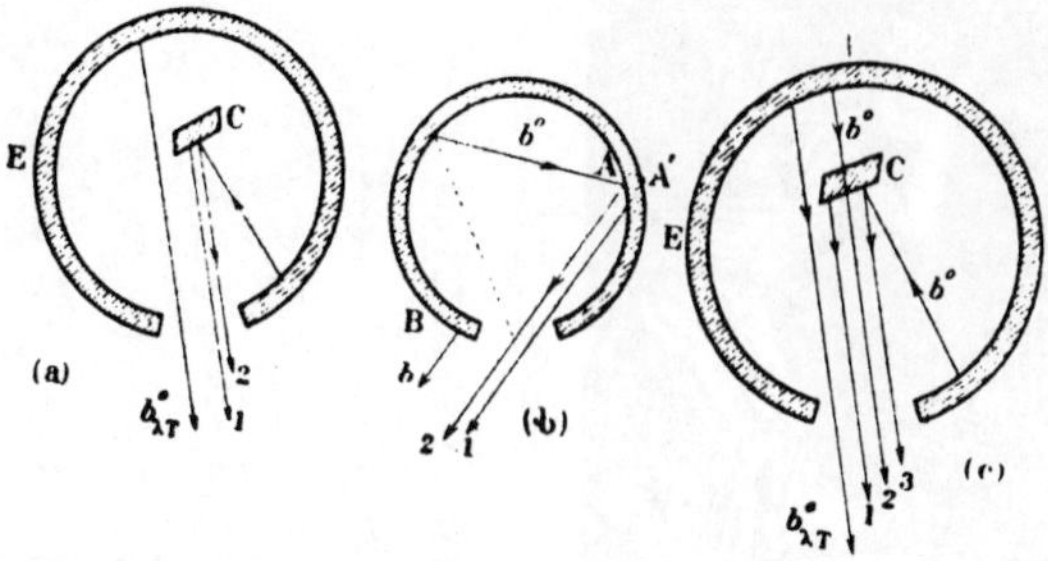

図４　空洞の中の放射の平衡化（G.Ribaud: *Pyrométrie Optique*,1931）

られているが、その内外面についても、ここで述べたことがあてはまる。

ところで、内側の助け合い効果を申し分なく成り立たせるには、どうすればよいか？　空洞を設ければよいのである。出入口のない空洞の中では、「どちらを向いても内側」という状況が成立している。空洞の壁を一様な温度Tに保てば、壁の各部からの熱「余波」は、互いに支えあって、過も不足もない釣り合い状態になる。壁の一部がニクロム材、他の一部がタングステン材といった区別すらも意味を失い、万象おしなべて均衡と相成る。

しばらくプランクあるいはプランク定数hとご無沙汰してしまったけれども、実を言えばプランク最大の功績であるhの発見は、今お話ししている事柄との関連の中で成し遂げられたのである。

用語を整理しよう。原子の励起などとかかわりなく、もっぱら熱の働きで発生する放射を「熱放射」という（旧用語「熱輻射」も捨て難いので時々混ぜて使うことにする）。

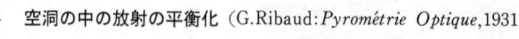

壁の温度を一様に保った空洞の中の熱放射を「空洞放射」という♯。

空洞放射を外から観測するとは、言葉じたい矛盾しているようだが、壁に小さい窓を開けて覗き込めばよいのであり、窓を開けた事から派生する「乱れ」は、工夫しだいで押え込むこともでき、補正することもできる。

さて一九世紀になってすぐ赤外線が知られ、間もなくイギリス、スイス、イタリアで、ついでドイツ、オーストリアで、熱放射に関する研究が活況を呈するようになる。歴史の流れは後章Ⅱで再検討するが、プランクは、空洞放射が赤外・可視・紫外の広い範囲に亙ってどう分布するのか、その分布が温度Tでどう変わるかを考え尽くし、挙句の果てに、プランク定数hを物理学に導入すべきことを主張したのであった。

分布の数式は、次節でご紹介する。

♯　この方面の議論では「黒体放射（blackbody radiation, schwarze Strahlung）」の語も用いられ、空洞放射と同等だと説かれるが、黒体が常に熱平衡にあるとは言えないから、空洞放射の概念を先立てて論ずるほうがよいと私は考える。

日本の法律の中に織り込まれているプランクの公式

話題も文体もこれまでとは全く違うが、『官報』（大蔵省印刷局発行）閲覧の機会をおもちの方は、平成二年七月一一日の第四一二号の三ページを見ていただきたい。

官報というお役所出版物は、名前からの予想とはかなり違って、なかなか多彩な内容をもっているのだが、それにしても、このページの過半は、内容といい体裁といい、ごく稀にしか見られぬ異色のものになっている。一部を引用する（もともと縦書きである）。

五、温度の値が一、二三四・九三ケルビンを超える場合にあっては、イに掲げる装置及びロに掲げる算式

イ　黒体

ロ　$$\frac{L_\lambda(T)}{L_\lambda(T_x)}=\frac{\exp(C_2/\lambda T_x)-1}{\exp(C_2/\lambda T)-1} \quad (8)^{\#}$$

T_xは、銀の凝固点の温度をケルビンで表した数値

λは、黒体の放射の一つの波長の値をメートルで表した数値

$L_\lambda(T)$及び$L_\lambda(T_x)$は、それぞれ温度Tケルビン及びT_xケルビンにおける黒体のエネルギー輝度の波長λにおける分光密度の数値

C_2は、〇・〇一四三八八　(9)#

＃　式のこの番号は本書の流儀で付けたもの。法律文にはない。

上の引用は、「計量法」という法律の一部分に関係する「計量単位令」という政令の、そのまた一部分に関係する「通商産業省令」という省令の一部分なのである。

ふたたび文科・理科にこだわるけれども、官報のこの記事を一読して了解できる方は、文科系にも理科系にも、おられないだろう。法律・政令・省令の区別などは、文科系とくに法科系の方には

判っても、理科系の方にはまず無縁であるに違いない。一方、ケルビン、黒体、放射、エネルギー輝度、分光密度などの用語、exp, C_2 その他の記号や数式などは、理科系の人なら（ハンドブックを開くぐらいの手間を厭わなければ）見当を付けることができる筈だが、文科系の方は、失礼ながら、手も足も出ないのが普通かと思われる。

いやみを並べるのは本意ではなかった。この記事は、通産省の法科出身の事務官と理科出身の技官（研究所員）、そして法制局の専門家の絶妙な協同によって仕上がったものなのである。その背景には世界諸国の理科系人間の地味な研究の集積がある。そのあたりは追々に説明するが、ここで是非とも注意していただきたいのは、上の記事の中の数式が、他ならぬ「空洞放射に関するプランクの法則」そのものを表わしているという点である。

省令の意味を要約しよう。

これは、温度とりわけ高い温度を測るための基準を、国際的な研究成果および協議（国際温度目盛）に立脚して、日本の役所が定めたものなのである。具体的に言うと、製鉄製鋼の現場で扱われる熔けた鉄（図3）の温度はセルシウスの値で一六〇〇度にも達するが、そうした温度を測るには、省令が定める方法すなわちプランクの法則に立脚する方法に基準を置かないと、整合性が保たれないことになる。

この省令は、プランクの放射法則を典拠として高温測定の公的な基準を定める任務を担っているのである。ここにもプランク理論の現代的な意義がくっきりと顕われている。プランクの学説は、ハイテクの中の鉄鋼産業その他の分野の、お目付役を務めているのだ。

それにしても、法律の条文に物理理論の数式がナマの形で登場するとは、確かに類例の少ないことに違いない。しかしプランクの場合、それがどこか似つかわしく感じられるところもある。その事のまっとうな理由を挙げれば、彼のこの業績が極めて基礎的・一般的なものであって計測の公的な基準を定めるといった目的に適合しているからだが、もう一つ連想ゲームめいた理由を求めてゆくと、彼の家系に法律学者が何人もいたこと、そしてしばしば言われるように、プランク自身の思考・叙述・処世のスタイルが法学者的な厳正さを備えていたことも、この「似つかわしさ」を支えているかに思われてくるのである。

一つの証拠を挙げておこう――プランクの論文や著書を通覧してゆくと、単位や物理定数の議論に何度か遭遇する。歴史的に重要な熱放射分布法則提唱の論文#（一九〇〇年）もそうだし、著名な教科書『熱輻射論』（初版一九〇六年以後第五版まで##）もそうである。単位や定数のことだけを取り上げた論文もある（一九〇〇年、同〇一年）。

プランクは自分の学説が日本の法令に採用されている事を喜んでいると、我々は信じてよいのではあるまいか。

\# 後章Ⅱで触れる【プランク論文邦訳】。 ## 【プランク輻射論】邦訳。英訳もある。

プランクの熱放射公式の原形　通産省令の用語と記号に従って、式(8)の原形であるプランクの熱放射の式を示そう。

$$L_\lambda(T)=\frac{C_1}{\lambda^5}\cdot\frac{1}{\exp(C_2/\lambda T)-1} \qquad (10)$$

Lという量の定義は、省令が正確に述べている。前述した空洞の壁を一様な温度Tに保っておき、その中に成立した釣り合い状態の放射（物理用語では、熱平衡にある放射）の一部分を小穴（窓）から外へ逃がしてやり、観測するのであるが、観測には、いくつもの限定が必要である。まず空間的には、窓の面積、窓の法線と観測方向との間の角度（の余弦すなわちコサイン）、放射の広がり（立体角）。時間的には、単位時間あたりという限定を設けて、放射のエネルギーを観測し、窓の単位面積あたり、広がりの単位立体角あたりの値を求め、角度の余弦で割り算すると、省令のいう「エネルギー輝度」が得られる。次に、放射の波長λについては、望みの波長λを含む、ある狭い幅たとえばλ_aからλ_bに亙る範囲で観測した結果を幅（$\lambda_b-\lambda_a$）で割り算すると、「分光密度」が得られる。

以上、けっこう煩雑なものだが、それなりの観測法は充分に研究されているのである。

そこで、第一段階として、空洞を既知の温度T_xに保ち、それに対応するLを求める。省令の記号で書けば$L_\lambda(T_x)$である。T_xは、任意に選んでよいのだけれども、今日の協約としては、省令がうたうように、銀の凝固点を採用する。主としてに観測技術上の要因でこの選定がなされていると考えていただきたい#。銀の凝固点の温度（標準の圧力101 325 Pa#のもとで）は、昔からていねいに調べられてきて、現今

$$T_x = 1\,234.93\ \mathrm{K} \tag{11}$$

が最も信頼すべき値として協約されている。Kは、熱力学温度の単位である「ケルビン」の単位記号（この記号と名称も「国際単位系」の協約事項の一つである）。

第二段階として、温度Tが未知である空洞についてLを観測する。省令の記号で書けば$L_\lambda(T)$である。λは、第一、第二段階とも共通な値に設定しておく。

最後の段階は、$L_\lambda(T)$を$L_\lambda(T_x)$で割る［結果が式(8)である］という計算およびその答えからTを求める計算である。こうして、ようやくTが得られる。

以上の説明、文科系の方がたを辟易させたであろうか。前述のとおり、通産省の法科出身事務官は、これらの筋書きをとっくり理解した後に、厳正な（誤解が絶対に生じないような）法律調の文案をつくり、法制局の専門家の承認を取り付けてくれたのだ。文科系の読者も、一通りチャレンジなさるとよろしかろう。

実は最近まで「金の凝固点」が採用されていた。

国際単位系の圧力単位パスカルで表わした「（標準）大気圧」の値。

プランク熱放射公式の中の定数たち

前節最後の割り算で式(8)が得られるが、割った答の数値からTを計算するのは、片手に乗るような計算機だけではまず不可能である。理由の一つは、式のexpという記法に見合う指数関数（またはその逆の対数関数）の演算が必要で、それを電卓やソロバンでやるには級数展開などと格闘せざるを得ないから、関数計算機か数表の力を借りるほうが賢明である。

理由の第二のほうは、もっと本質的で、式(10)の中の定数C_1、C_2の値のことにかかわる。C_1は、割り算で帳消しになるけれども、C_2は最後まで消えない。種明しをすれば、C_2の値は、省令の式(9)に明示してあったのだ。

これでやっと、省令の使い道は判った。これを基準として高温測定用の温度計をチェックするといった仕事は、日本電気計器検定所が、通産省・計量研究所との緊密な提携のもとで遂行している。実技などについては両所にお問い合わせになればよい。

とはいえ、本節をここで閉じてしまったら、プランクの面目を丸つぶしにし兼ねない。定数C_1、C_2の正体にこそ、プランクの研究上の苦心が塗り込められているのだから。

早速それらを式で示す。

$$C_1 = 2c^2h \tag{12}$$

$$C_2 = \frac{hc}{k} \tag{13}$$

おなじみのhに再会してホッとする一方、あらたにc、kが登場して、物理の人はニンマリするところだが、本書の著者は、もうひと苦労せざるを得ない。

定数cは、真空中の光の速さであり、語るべきことは山ほどあるが、今は諦めることとする。cの最も確かな値（実はこれも今は協約値）は、

$$c = 299\ 792\ 458\ \mathrm{m/s}\ （メートル毎秒） \tag{14}$$

本書を飾ってくれる人物たちのうち、cにいちばん縁が深いのはアインシュタインであろう。彼の相対性理論は、cに「絶対性」を付与したのである。

次に定数kだが、これには名前が付けられており、ボルツマン定数という。ボルツマン（L. Boltzmann）は、オーストリアの物理学者で、彼とプランクとの関わり合いについては後章IIとIIIで詳しく触れる。kの最も確かな値（一九八六年）は、

$$k = 1.380\ 658 \times 10^{-23}\ \mathrm{J/K}\ （ジュール毎ケルビン） \tag{15}$$

kそのものの説明にここで字数を費やしたくないから、kTと掛けたものの意味だけ略説してみる。

kTは、温度Tでの物体の熱エネルギーの要素的な大きさを意味する。本書のしばらく前の節で、熱の働きを「ざわざわ」と表現したが、物質の粒子（分子、原子など）の一個一個は、温度Tでは

kT程度のエネルギーでざわざわうごめいているのだ。

例えば気体の分子の大集団の中の一個一個は、ランダムに飛びまわっており、平均してkTの程度（$\frac{1}{2}$倍とか$\frac{3}{2}$倍とか）の運動エネルギーをもっている。

結晶体の格子に縛り付けられている原子は、その場所を中心としてざわざわと複雑な振動をしているが、原子一個あたりの平均エネルギーはkTの三倍である。

係数は$\frac{1}{2}$、$\frac{3}{2}$、3というように場合により違うものの、熱の働きを、物質の要素ごとに割り振った値は、おおむねkTなのだ。

定数たちの紹介はこれで終りとし、機会をのがさず、式に手を加えておく。

真空中の光に関して、速さcは定数だが、「省令」の話以後使っている波長λと、光電効果などの話で使った周波数νとの間には

$$c = \lambda\nu \tag{16}$$

の関係がある（一回の振動でλずつ進む波が、毎秒ν回の振動をして進むとき、毎秒の道のりはいくらかを考えればよい）。そこで式(8)および(10)の一部分を書き直す。

$$\frac{C_2}{\lambda T} = \frac{(hc/k)}{(c/\nu)T} = \frac{h\nu}{kT} \tag{17}$$

こうして、アインシュタインにゆかりの定数cは消え、プランクのhとボルツマンのkが残っ

た。しかも最後の分数を見れば、分子には我々の執心の的である「光あるいは放射のエネルギー量子$h\nu$」が控えており、分母を見れば、今しがた知った「物体の要素ごとの熱エネルギーkT」が控えている。

象徴的に言えば、ここに見る「分子$h\nu$と分母kTとの兼ね合い」が、中年のプランクを悩ませ、彼にh発見の栄誉を与え、後にノーベル賞を授けたのである。（いやいやながらであったにせよ）これまでの数式を見て下さった方に、この際あと一言――式(10)の分母の〔マイナス1〕にこそプランクの苦心と創意が叩き込まれているのだ。

宇宙背景の放射・太陽の放射

法律や数式の話が長引いたから、息抜きに宇宙を眺めよう。

プランクが没した一九四七年から二〇年ほど経た一九六五年に至って、宇宙の背景放射ということが論じられるようになった。その観測も可能になり、宇宙の背景を成している放射の性質は、温度Tが三ケルビンの空洞放射と同等、全放射はT四乗則に合い分光分布はプランクの式と合う由#。三ケルビンとは、ヘリウムさえ液化されてしまうほどの極端な低温であるが、そんな低温でも放射は存在する。もちろん眼には見えない。それどころか、主体をなしているのは、赤外線より遥かに遥かに長い波長（低い周波数）をもつ放射であって、分布のピークの波長は約一ミリメートル、周波数は約三〇〇ギガヘルツということになり、通信用のマイクロ波の中で周波数が最も高い範囲のものに相当する。

宇宙の背景にマイクロ波が拡がっているというこの発見は、なんとも壮大なものではないか。こうして宇宙創世期の物質・放射・熱の姿がさまざまに論じられるに至った。そうした発見の背景には、プランクの理論があり、観測技術の進歩があるのだ（ごく最近、この放射の非等方性ということが問題になってきた）。

宇宙の一局所の天体に過ぎないが、我らにとってかけがえのない太陽。それが発散している放射の分布のピークの波長は、ほぼ五〇〇ナノメートル。そこで、太陽放射を空洞放射とみなしてプランクの式から太陽表面の温度を計算すると、およそ五八〇〇ケルビンとなる。このような高温を地上で持続的に発生させることはかなり難しい。もうひとつ面白い事だが、人間の眼の感度のピークはほぼ五五〇ナノメートルあたりにある。我々は、太陽放射の分布にかなりよくマッチした眼を授けられているのである。

＃ *Perspectives in Quantum Theory*, ed. W. Yourgrau et al. 1971, Dover. p.91.

プランク定数h——決定の仕方と数値

ところで、定数hの数値はどうすれば求められるのだろうか。すぐ後の表で示すが、プランク自身、定数hを理論に導入する際に早くもその値を計算して発表した（これは、学問の歴史の上で誠に重要なことであった。後章Ⅱ）。

プランクの計算法を含め、hの求め方は多々あるのだが、本書では、既に扱った光電効果の話に寄り添って略説するに留めよう。図1および式(3)、(4)で、お考え願いたい。インプットの光の周波数νは、レーザー光の場合なら直接に測れることもあるが、一般には波長λを実測し光の速さcと組み合わせて算出する。限界の周波数ν_0も工夫しだいで求められる。アウトプットの電子の運動エネルギー$1/2 \cdot mv^2$の測定はアインシュタインがいう程に簡単ではないが、電子の電荷eを別途に測定し、装置に掛けた電圧Vを測れば、

$$\frac{1}{2}mv^2 = eV$$

の関係を仲介として求めることができる。式(3)か(4)からhが得られる（図2）。

以上の略説は甚だ粗末なもので、専門家にも非専門家にも非常に申し訳ない次第であるが、書物の性格上ご勘弁願いたい（歴史的な事は【トリッグ】、【ゲルラッハ】に詳しく述べられている）。その後、理論・実験技法の両面の進歩に支えられて、もっと巧妙なh測定がいくつも実行され数値が総合評価されたので、重要な事例の一覧表を作ってみた。

いずれも個別の実験結果ではなく、学者あるいは機関が、多数の実験値を総合評価して公表したものである。年代を追って数値が細かく（桁数が多く）なってきたことは、一目瞭然であろう。芝亀吉教授の見識と精励（芝『計測工学論文集』、一九七七年、工業技術社）によって極めて的確な総合評

年　代	定数 *h* の数値	出　典
1889（定数 *b*）	6.885×10^{-34}J・s	Planck : *Sitz.Ber.Berlin*
1900（以下 *h*）	6.55	Planck : *Verh.*2篇#
1906	6.548	Planck : *Wärmestr.*1te ##
1912	6.415	Planck : *Wärmestr.*2te##
1923	6.525	Planck : *Wärmestr.*5te##
1928	6.55	*Handbuch der Physik*
1929	6.547	Birge : *Phys.Rev.Suppl.*
1931	6.634	芝亀吉『理研彙報』
1932	6.625	芝亀吉 *Sc.Pap.IPCR*
1933	6.626	芝亀吉 *Sc.Pap.IPCR*
1940	6.626	芝亀吉『物理常数表』
1969	6.629 196	Taylorら : *Rev.Mod.Phys.*
1980	6.626 176	CODATA###
1986	6.626 075 5	CODATA

#文献【プランク論文邦訳】。##文献【プランク輻射論】。###国際的なデータ評価機関。

価がなされていたことを、ここで特筆しておく（特に1933－芝と1986－CODATA とを見比べていただきたい）。

数値にうるさい方への注　式(9)、(13)、(14)、(15)を見比べて念入りに計算なさると、微細な食い違いが解る筈である。表に示した機関CODATAの一九八六年推奨値の系統では、本来なら $C_2 = 0.014\ 387\ 69$ である。その最後の二桁を四捨五入した値が、式(9)で協約されているのである。物理定数や計測単位の世界は、かくも超絶的に「細かい」のだ。

不確定性関係の土俵を決める定数 *h*　ところでその後、定数 *h* にはいっそう広い意味付けがなされた。いちばん深刻なのは、量子力学における「不確定性関係」である。本章Ⅰの始めのほうで注意したように、定数hの「次元」は、［運動量p］×［座標q］なのだが、量子の世界では、p、qそれぞれを確定できるギリギリの限界ΔpとΔqとの間に

$$\Delta p \cdot \Delta q \geqq \frac{h}{2\pi} = \hbar$$

の関係があるということが明らかにされた。タスキ掛けの記号$\hbar$のことは予告済みだが、こんな関係があることは予告しなかった（一九二七年まで、誰ひとり「予想」すらしなかった——プランクは勿論！）。例えば電子のpをトコトンまでキチンと決定しようとすれば、qはアイマイにしか決定できない、という話なのである。

これは、物理学のみならずあらゆる自然認識の基礎をゆるがす重大発見であって、哲学者たちをもキリキリ舞いさせることになった（後章Ⅳ参照）のだが、微妙深遠なところは、本叢書の別巻『ハイゼンベルク』に期待せざるを得ない——何分にも我らのプランク先生は、（晩年に関連論文を書いてはいるものの）この「不確定性関係」を必ずしも承認せず、古典的な（つまりニュートン以来の物理学の前提のように考えられていた）「確定性」へのこだわりを捨て切れなかったらしいからである。

ただし実験物理のサイドから一言だけ追加したい。不確定性論究は従来どうも哲学サイドに偏っていたうらみがあり、「霧」に巻かれる想いが濃かったが、近年、新しい実験技術に照らした（in the light of new technology）立場での「量子力学の基礎国際シンポジウム」が活況を

呈しているのは、誠に結構な傾向と思われる。ハイテク産業の一雄・日立製作所の中央研究所の貢献が顕著であることを書き添えておく。

SFの中のプランク定数

上述のΔpやΔqは、どのみち極微の世界のことなのだが、意味が深いだけに、話を日常世界に翻案すると結構コワイSFができ上がる。動物園の猛獣が「檻（おり）の壁からしみ出る」#とか、波乃光子（みっこ、こうし＝フォトン）嬢が「二つの窓を同時にくぐり抜ける」##とか。

物理学者ガモフ（G.Gamov）の作品の、物理学者・伏見康治による邦訳『不思議の国のトムキンス』。

物理学者・朝永振一郎の作品『光子の裁判』。

読者はここで前出の表を見直し定数hの値の「桁」をトクとご覧になるべきである。単位のJ（ジュール）やs（秒）は国際単位系（SI）方式による人間臭い規模のものだが、桁はなんと「一〇のマイナス三四乗」である。十で割る、十で割る……と三四回も続けるのだから、孫悟空お得意の「如意棒ちぢめ」もまるで顔負けという小ささなのだ。

定数hに象徴される量子力学の世界は、かくも超絶的に「小さい」のである。生身の猛獣が「しみ出る」とか光子嬢が「二窓くぐりをする」とかは、しょせんSFでしかない。

プランク定数の奇妙な使いみち

プランクの定数 h が世に出てから四分の一世紀ほど経過した一九二五年の末、明峰ハルツのゲレンデで物理学者たちがスキーを楽しんでいた。ゲッチンゲン大学の若手たちである。一番うまく滑るのがハイゼンベルク（W.Heisenberg）であった。量子力学の出発点が築かれたばかりの頃である。後に、ハイゼンベルクは、思い出をこう語った。

ある日、一行のひとりハンレ（W.Hanle）が行方不明になった。探したが見当たらない。……森の奥へ迷い込んだのではないかと心配していると、不意にかなり離れた木立の中から $\hbar$（ハー・ニュー）といういささか情けない声が聞こえてきた。それで彼の所在がわかった。ハー・ニューはゲッチンゲンの物理学者達の合い言葉で、……原子から放出される光子のエネルギーを意味しており、したがっていわば原子の〝識別信号〟であり、原子物理学者たちはそれを自分達の識別の合い言葉としたのであった（ヘルマン（A.Hermann）／山崎・内藤訳『ハイゼンベルクの思想と生涯』、一九七七年、講談社、六八ページ）。

遭難しかけた友人を $\hbar$ が救ったという話ほどに劇的ではないが、私も、ある友人のためにこの記号を借用して喜ばれたことがある。同じ研究所に在籍していた丹生久吉君（後に三重大学教授、イニシャルはH・N・）は、音楽・文芸などのサークルの活動でのよい相棒だった。彼が大学へ転ずることになったとき、遊び仲間が相談して記念に古典曲の楽譜一冊を贈った。私は、世話人の資格を乱用し、見開きの場所に「$\hbar$ 氏に進呈、云々」と書いたのであった。

Ⅱ　物理学史の中のプランク

物理に傾斜してゆく青年プランク　プランクの誕生の日付は、一八五八年四月二三日、場所はドイツ北部、デンマークに近い海港都市キールである。洗礼名はたいそう多くてマックス＝カルル＝エルンスト＝ルドウィッヒと続く。曾祖父は哲学者ライプニッツ（G.F.Leibniz）の直弟子の神学者、祖父も神学者、父と伯父は法学者、母方の祖父は聖職者という家系の出である。

我らのプランクはキールで小学校を終え、父の転勤に伴って南独ミュンヘンへ移り、ギムナージウムで中等教育を受ける。成績はトップのすぐ下あたり、二八人中の四番といったところであった。語学・数学・歴史・音楽どれも真面目に学んだ。しかし天才の風はなかった。途中、ミュラー（H.Müller）という先生からエネルギー保存の法則を教えられて感銘を受けた。そのことをプランクは、八〇歳代になってからまとめた自伝【プランク自伝】にさえ実感をこめて書き込んでいる。

一八七四年、ミュンヘン大学に進む。はじめは数学を好んだが、やがて物理にのめりこむ。その頃に接したヨリー（Ph.G.von Jolly,1810～1884）という教授のことは、我々の関心の対象になりうる——当時の物理科学の様態の反映が見られるからである。

ヨリーは、プランクの物理志望を押し止めようとした。「この分野には今後の発見に値するような新規なことは残っていないから」という論拠であった。この話に関して、近年のプランク伝【ハイルブロン】は、証拠を挙げてはいないが、より具体的な根拠を示す形で叙述している——

ヨリーは、「熱力学の諸原則の発見によって、理論物理学の仕組み（structure）が出来上が

Abb. 156. Jollysche Federwaage

4.312 23 Jollysche Federwaage

Eine Drahtspirale trägt zwei übereinander angeordnete Waagschalen (Abbildung 156), von denen die untere in ein mit Wasser gefülltes Gefäß taucht. Dicht über der oberen Schale befindet sich eine Marke (Glasperle oder angeklemmter Zeiger), deren Einstellung auf einer Spiegelglasskala abgelesen werden kann. Arbeitet man mit einem Gewichtssatz, so ist die Methode der Dichtebestimmung die gleiche wie bei der Senkwaage, indem man die Marke stets auf denselben Teilstrich der Skala bringt.

Man kann mit der Federwaage auch ohne Verwendung eines Gewichtssatzes messen, wenn man die Verlängerung h der Feder beobachtet, die annähernd dem angehängten Gewichtstück proportional ist. h kann in mm oder in Skalenteilen angegeben sein. Beträgt die Verlängerung nach Auflegen des zu prüfenden Körpers a) auf die obere Schale h_1, b) auf die im Wasser befindliche untere Schale h_2, so gilt $\{\varrho\} = \frac{h_1}{h_1 - h_2}$.

Die Unsicherheit der Dichte bei dieser Methode beträgt einige Einheiten in der vierten Dezimale.

図5　ヨリーの密度計（F.Kohlrausch: *Praktische Physik*）

ってしまったから」という根拠で、プランクの物理屋志望に反対した。

ヨリーは、プランクより五〇歳近く年長だが、ハイデルベルク・ウィーン・ベルリンで学び、ドイツ最初の物理研究室がハイデルベルク大学に設置された時その教授に選ばれた人である。エネルギー保存則の発見者の一人であるマイヤー（R.Mayer）と交際をもち、しばしば相談に乗った♯。気体が膜を通って浸透する現象などを研究した。後にミュンヘン大学の教授をながく勤め、バイエルン州の工業教育に精励し、メートル条約締結直前のパリ会議に出席もした（*Dictionary of Scientific Biography* による）。

彼は多数の科学機器とくに計測器を考案した。その一つは、かつて広く参照されたコールラウシュ（F.Kohlrausch）の実験書（*Praktische Physik*）に図入りで掲載されていた。浮力の理を応用し、ばね秤で固体密度を求める簡単な装置だが、四桁の値を与える精密さが評価されていた。彼はまた、空気（を感温物質とする）温度計を綿密に構築した♯。この学風は、パリで細かい実験を展開したルニョー（H. V.

Regnault）と共通していると言える。

♯　交際の一情景が【マッハ、二四六ページ】に見られる。マイヤーは、田舎言葉まるだしで「ゆすぶり続ければ水は暖まってくる」理をヨリーに語った由。マッハはヨリーの空気温度計にも言及している【同、一〇ページと一六ページ】。

さてプランクは、老師ヨリーの忠告に反発した。逆に彼は師に語った――自分は発見をしたいとは思わない。望むところは、むしろ、できあがった基盤を理解し、できれば基盤を深めることだ、と【ハイルブロン】。

ヨリーとプランクとの関係は、従来、旧弊な老教師と真摯な青年学徒の間柄のように受け取られていた感があるが、もっと即物的な解釈があってよいだろう。プランクは、ヨリーの講ずる「実験物理学および力学的熱理論」を聴講し、更に二年後にヨリーの「力学的熱理論」を聴講した。そしてプランクは、ミュンヘン大学の私講師の地位を得た一八八〇年の冬学期の初講義に「解析力学」と「力学的熱理論」を取り上げた。その途中、彼はクラウジウス（R.Clausius）の著書『力学的熱理論』を精読している♯ので、プランクの熱理論はヨリーのよりも遥かにモダーンであったろうが、師に反旗を翻した人だったら初講義にその師と同じ題目を選ぶことさえ潔しとしないのではあるまいか。

プランクとその師や論敵との間柄については、後でも触れてみたい。今は、力学的熱理論を中心とする当時の物理科学の様態の検討を進めよう。

♯　クラウジウス没後にプランクは同書第三部『気体運動論』の編集に携わった。

基本原理としての熱力学の二法則がプランクに呼び掛けた　一九世紀の科学と文化の諸相を縦横に描出した科学史家ブラッシュ（S.G.Brush）の著書♯は、熱力学の二つの基本法則の時代思潮的な特徴を、次のように表現した――

♯　*The Temperature of History*, Burt Franklin, 1978. p.10, p.19, p.29 f.

あらゆる現象を単一の基本原理で、あるいは二つの対立する原理で解釈しようとするのが、科学におけるロマンティックな立場である。

熱力学の第一法則（エネルギー保存の原理）は、ロマンティシズム哲学からの刺激をも受けつつ形づくられたが、やがてリアリズム期の科学を組織化するための原則をもたらすものとなった。熱力学の第二法則（エネルギー散逸の原理）は、蒸気機関の技術的な解析を発端として形づくられたが、やがてネオ・ロマンティシズム期に極めてふさわしい反組織的な原理になり変わった。ネオ・ロマンティシズム期の特色は、人類の未来への悲観主義と社会組織の民主的な形態とにある。

第二法則は、一見、自然の過程の時間的な推移すなわち過去と未来との区別には立ち入らないが、それにもかかわらず、熱の非可逆な流れという考えを導入したことに伴って、我々の世界での時間の向きについての主張を引き出した。

一九世紀思潮に関してブラッシュが言うところのロマンティシズムとは、ドイツの観念的な自然哲学（Naturphilosophie）などを指し、リアリズムとは原子論（atomism）・唯物論・機械主義・（文芸における）自然主義を指し、実証主義の一側面を指す。そしてネオ・ロマンティシズムは、耽美主義・頽廃主義・経験批判論・エネルギー論（energetics）・理想主義・印象主義・神秘主義・感覚主義・象徴主義を指す。二〇世紀はネオ・リアリズムの時代である。一九世紀はロマンとリアルの二サイクルより成るとするのが、ブラッシュの主張であって、熱の科学に焦点を合わせたその論調は、説得性に富んでいる。では、この二サイクルの進行より半世紀ほど遅れて九〇年近い一生を送ったプランクが、どんな思想的遍歴を重ねたか――単純な図式化は避けて、逐次にたどってみることにしよう。

そもそも熱力学は、熱の働きと機械的な仕事との間の変換関係（いわばレート）の問題（第一法則）および熱から仕事への向きの変換のみに課せられる効率の制限（つまり仕事⇩熱とは非対称的に熱⇩仕事は貫徹しえないこと）の問題（第二法則）から出発して、次第にテリトリーを拡大し、熱学・熱工学のみならずやがては化学・生理学をさえカバーする基礎学理の意味をもつものとなり、遂には、ブラッシュが広角的に捉えたような時代思潮への強い影響力を具えるに至るのである。自然科学に限って考えれば、エネルギー変換の相互関係は第一法則で定まり、自然の事象の変化の向きは第二法則で定まるということが承認されたのであるから、ヨリーならずとも、この先、革命的な新発見などあり得ぬとの見方に傾く人が現われるのは無理のないところであった。

ところでプランクは、ミュンヘン大学からベルリン大学に移ってヘルムホルツ（H.v.Helmholtz）♯らに師事し一年後に卒業するのだが、学位論文（一八七九年、ミュンヘン大学）では第二法則をテーマに選び、また教授資格取得論文（八〇年）では「等方性物体の平衡状態」をテーマに選んで、熱力学に傾倒してゆく。また、前述のように私講師になってすぐ解析力学と力学的熱理論を講じ、さらにゲッチンゲン大学の懸賞に応募して書いた論文『エネルギー保存の原理』で（一等なしの）二等賞を得る。八五年キール大学の員外教授、八九年ベルリン大学員外教授に就任し、九二年に正教授となったのであるが、ベルリン物理学会での最初の発表も電解質の熱力学に関するものであった。この研鑽の成果は著書『熱力学講義』（九七年）【プランク熱力学】に結集されてゆく♯♯。

♯　ヘルムホルツは医学の出身だが生理学・化学から物理学へと関心を拡げ、エネルギー保存の問題（第一法則）についても包括的な著述（四七年）を残した。

♯♯　途中の九三年に熱化学のモノグラフも書いている。

こだわるようだが、ハイルブロンが言う通りに旧師ヨリーの言が「熱力学の諸原則の発見によって理論物理の仕組みが仕上がってしまったから（物理志望を諦めよ）」だったとすれば、弟子プランクは、ずいぶん大胆な反逆をしかも長く続けたものだと言わなければならない。かと言って、この時期のプランクの志向は、ブラッシュが列挙する四つのイズムのどれに属するともきめつけ難い。その間の機微を推測するための鍵は、おそらく次の三つであろう――

(1)　でき上がった「学問の」基盤を理解し、できればその基盤を深めようとする、（カッコよさ指向でない）真に好学的な（ただし天才的ではない）気質。

(2)　あらゆる事象を少数の原理によって解釈しようとする気質。

(3)　実験器具や計測器をみずから考案することなどは敢えてしない気質。

熱力学の理論的側面の個別研究は、(1)、(2)にぴったりであった。「プランクの内なる法学者と神学者に、熱力学の教理が呼び掛けたのだ」という、家系にこと寄せた巧みな評【ハイルブロン】が生れるゆえんである。

ハイルブロンに便乗して青年プランクの志向を法学者資質になぞらえるとすれば、その専攻は、実定法・人為法でなく、自然法・理性法であったというべきだろう。あるいは、民法・刑法等でなく憲法であったと言ってもよい。

そうした資質は、おのずから上記(3)に顕われるものと言えようが、あと一息うがったことを加えてみると、またヨリーの存在が思い合わされてくる。洗練された密度計や空気温度計を次々と考案する師に接して、プランクは、とうてい自分の及びうるところではないと見極めを付けたのではないだろうか。プランクの生涯を細かくみれば、みずから手を下して実験をした時期も僅かながら見出され（後述）、そこにまたヨリーとの繋りがただようのだが、いずれにしても彼の長い一生の中のマイナーな出来事でしかなかった。

その裏側の理論志向の面でプランクを最も強く力付けたのは、クラウジウスの仕事であっただろう。クラウジウスは、オランダのローレンツ（H.A.Lorentz）と並んで理論物理学者の元祖と称せられる【高林】。後進プランクはクラウジウスと直接の面識も文通の機会ももちえなかったらしいが、著述の中ではクラウジウスに度々言及している。学風の上での影響力が大きかったことは疑いない。

こうして「理論」物理学者プランクは、地味ながら着々と実績を積み重ね、ベルリンの理学者集団の中での信頼を我がものとした。しかしながら、彼が従来どおりの課題設定と研究方法に執着し続けたと仮定すれば、我々が注目してきた定数hの発見は（従ってノーベル物理学賞は）彼のものとなりえなかったであろう♯。

ベルリンで彼が取り組んだ新しい課題――熱放射――が、それまでの彼の流儀に深刻な省察《せい》を強いたのであった。

♯　プランクが、ミュンヘンの私講師時代、誘いに応じてアシャッフェンブルクの林学大学物理教師に転職したと仮定する場合にも、同じ推論が成立するであろう。フランクフルトには近いが、ベルリンとは離れた土地だからである。

プランクもいくらかは物理実験に携わったと前節で述べたが、それは若年時代の短い時期だけであり、その点、彼の親友ウィーン（W.C.W.O.F.F. Wien）とは大いに違う。

プランクと実験物理

プランクは、まずミュンヘンの学生だったとき、いくらかの実験を手掛けた。ヨリーの学風からもうかがわれるように、当時の物理教育は主として実験に関わるものだったからである。プランクのこの時期の実験は、しかし、学習のためのものに過ぎない。

もう一つ、彼自身の実験と明記されたものが自著【プランク熱力学】（邦訳二五七ページ）に見える#。一八八二～三年の冬ミュンヘン大学の私講師時代のことである。

一八八三年論文の注では自分の名は挙げずに言及した（*Abhandlungen und Voträge*, I, S. 176）。【カングローDSB】はこの実験について見落としまたは年代誤認をしている。

この実験は、気体の浸透に関するもので、高温の白金は水素を透過させるが空気を透過させないという事実を確かめるために行なわれた。一端を閉じた白金の管にコック付きガラス管をつなぎ、水銀ポンプで排気し、常圧の水素を導き入れ、コックを閉じる。白金の閉端の近くをブンゼンバーナーで熱する。約四時間後、装置をはずし室温にまで冷やしてから水銀中でコックを開くと、水銀は急激に管に入り込む。これで、管がある程度まで真空になっていたことが証拠づけられる。

この実験は、【プランク熱力学】の第二法則各論「特殊な平衡状態への応用」の本文を補強する目的でなされたものであって、本文と併せて読むと、この実験が必要であったことはよく理解できる。第二法則の意味を理論的に深く考察し続けていたその当時のプランクの執心が、この実験を思い立たせたのであろう。

細かい測定を伴う実験ではなく、定性的な確認のための実験であって、一見、パスカルあるいはアカデミア・デル・チメントの実験を連想させるところさえあるけれども、封蝋で接着した部分が柔らかくなるのを防ぐためにそこを水流で冷やすなどの工夫が「理論家プランク」自身の手で書かれているという意味で、プランク伝の一点景をなす感がある。

元来この気体浸透の問題は、ヨリーも手掛けていくぶんかの寄与をなしてはいたが、理論的には不徹底に終っていたものであった。プランクは、そこを補う意図を抱いて理解を深めるべく、敢えて実験に手をそめたのであろう。

しかし「実験家」プランクは、その後の長い一生に亙って、もはや表舞台に登場することはなかった。その面では、明らかにヨリー先生の学風から決別し、ウィーンとは傾向の違う学究生活を続けるのである。

とはいえ我々は、プランクが後々まで実験事実に注意していたということを見過ごしてはならない。彼がアインシュタインの相対性理論にさっそく賛意を表した（一九〇六年）のは、学説体系の基礎を重視する意味の共感に出たものと考えられるが、その際プランクがカウフマン（W.Kaufmann）の電子質量測定実験に言及しているのは、彼の実験事実重視の傾向の表われの一つであると言える。

総じてプランクの講義書（熱力学にせよ熱放射にせよ）は、課題の設定、概念の導入、用語の定義の仕方、論述・計算の進め方のいずれについても、一点の瑕瑾《かきん》をもとどめぬ趣のものであるが、それだけに、要所要所に挿入されている（そして改版に際し綿密に補訂される）具体的な実験値が学習者に鮮明かつ強烈な印象を与える感がある。

そして、これまた強調すべきことの一つだが、「理論」家プランクの最大業績である熱放射理論と定数 h の導入は、ベルリンの国立研の人びとおよびハノーファー工業高専のパッシェン（F. Paschen, のちチュービンゲン大学教授を経て一九二四〜三三年に国立研究所長を勤めた）らの「実験」との緊密な連携があってこそ、可能となったのである。

大学に理論家プランクを擁し国立研に実験家ウィーン、ルンマー（O.R.Lummer）、プリングスハイム（E.Pringsheim）らを擁したベルリンは、まさに「地の利」に恵まれたと言うべく、また、ヘルムホルツによって育てられたベルリンの物理学者集団は絶妙の「人の和」をもたらしたというべきであろう。

以下しばらく、国立研究所でなされた熱放射実験の背景と実態を概観しよう。

世界最初の国立物理工学研究所

ドイツの学術は、伝統の古さを誇りとするだけでなく、活動拠点を地方の各地に分散させている点において欧州諸国とくにフランスと著しい対照を呈しているが、それは、一面から見れば、ドイツの国家的統一が比較的おそく領邦諸侯の割拠する時代が長かったことの反映でもあろう。一九世紀後半ようやく、プロイセン（プロシア）が産業革命を達成して指導権を強め、対オーストリア、対フランスの戦に勝って、ドイツ帝国を成立させた。一八七一年、プランクがギムナージウムの生徒だった時代のことである。

ドイツの躍進を支えた要因は、プロイセンの軍事力ばかりではなかった。ドイツ民族の頭脳の所産である化学工業・光学機器その他の精密機械工業・電気産業などが国力充実の支えとなったことは、言うまでもない。

それと呼応して理化学・医学などに志す学生が急増した（一八六〇年代なかばを基準として第一次大戦直前までに、学生数は物理で十倍、医学で六倍にふえた♯）。それ以前には、私設の実験室や大学の貧弱な（ガラス戸棚に納められている簡素な器具少々とひとりふたりの助手が見られるに過ぎない）研究室しかなかったのに、六〇年代から大戦までの間に、主要大学は物理の研究・教育のための施設をもつようになる♯♯。ベルリン・シャルロッテンブルクに工業高等専門学校（ＴＨ）が創設される（後のベルリン工業大学TU)。

♯　この節で利用する年代記的なデータの過半は、【カーン】に負うものである。

♯♯　予算割振りに当たって大学間の序例がものを言う点ではドイツも例外でなく、年次が早くて規模が大きいほうのトップはベルリン大であった（プランクが奉職した理論物理研究室も、この系列の予算で設置されたものと考えられる）。ミュンヘン大はやや遅れた（プランクの離籍より一〇年ほど後）。キール大は更に遅い。

こうしてドイツの理工教育は大いに増強されたのであるが、自然科学の進歩と密着した新しい技術（今日の言葉に直せばハイテクノロジー）の展開は、留まるところがない。大学・工業高専のほかに、教育の任務を負わない研究専門機関の設置が提議される。

曲折の末一八八七年に国立物理工学研究所（Physikalisch-Technische Reichsanstalt）♯が出来上がる（文字通り世界最初であって、英米が類似機関を設けるのは世紀の変わり目になってからである）。プランクの師ヘルムホルツを初代所長として国立研究所が活動を開始した当時、プランクはキール大学員外教授だった。

物理部（Physikalische Abteilung）と技術部（Technische Abteilung）とから成る国立研究所発足当初の編成は、設立の経緯から見ても、工業家ジーメンスの拠金と敷地提供の事実に照らしても、趣旨にかなうものであったと言えようが、基礎研究・技術の開発と指導・計測器などの検定試験の三種類の仕事へのウエイト配分については、同所の内部ではもちろん、また、後代の評者・歴史家の間でも、議論が絶えなかった♯♯。

♯　第二次大戦後、P.–T.Bundesanstalt と改称。本部はブラウンシュワイクに移り、ベルリンの建物はベルリン研究所の名のもとに分室の機能を果たすこととなった。

五〇周年、七五周年、百周年それぞれの記念出版物がある。上掲書【カーン】は、研究所内外の資料を駆使して編まれ、産業と学術行政の推移、計測の学術、人事にも触れるところが多く興味深い。鉄鋼業への顧慮が乏しいのが不備か。

♯♯　【カーン】は言及していないが、同所五〇周年・七五周年資料の表題は *Forschung und Prufüng* で「研究と検査」の並列をうたっており、百周年のは、*Forschen–Messen*［計測］*–Prüfen* と三者を繋いで計測の役割を浮かび上がらせている。

光度・温度の計測技法とその基準の研究

国立研究所設置の時代のハイテクノロジーの課題には、新興の電気動力、通信、電気交通などの汎用化の問題と共に、ドイツのお家芸の製鉄製鋼その他の高温技術の諸問題や、ガス（やや遅れて電気）による照明の効率向上の問題が含まれていた。国立研の物理部の最初の構成が「熱」、「電気」、「光」♯の三研究室であったのは、まさに時代のニーズに適っていたと言える。スタッフは、研究員一二名（全員がベルリン大学出、ヘルムホルツのもとで学位を得た人たち)、技能員五名、事務員五名であった。

♯　後の一九〇二年に「放射」の研究室と改称。

「熱」の研究室では、温度測定、熱膨張、気体状態式などの在来からの実験物理学上の課題を「より高い温度の領域に拡張してゆく」努力が開始される。もっと実際的な問題、例えば鋼の磁性と焼き入れ温度との関係なども追加される。物理部の建物が完成するまでの間、技術部の熱測定の仕事を手伝うといった事態もあったが、九〇年代に入ってからは基礎的な研究すなわち熱力学の基本法則に準拠した温度測定基準の確立などへの傾斜が、意図的に進められてゆく。

「光」の研究室は、最初から、技術部と共同の形で、測光つまり照明光の明るさなどの測定の技術およびその標準化の問題へストレートに切り込んだ。ガス・水道専門家ドイツ連盟という団体からの強い要請を所長ヘルムホルツが熱心に支持したからである。折しも海軍からは、気象条件の悪い時の光の明るさのロスの問題を克服することへの緊迫した関心が伝えられた(軍艦の位置を標定する技術に関連するもののようである)。

光の明るさの測定については、古くから、ドイツのランベルト(J.H. Lambert)、フランスのブーゲ(P. Bouguer)、既出のランフォードらの試みがあり、光度計(photometer)、測光学(photometry)といった術語はできあがっていたが、どんな分野の計測でも見られるように、基準の定め方は地域あるいは職域ごとにまちまちで、統一への道は遠かった。しかし我々が注目している一九世紀後期に至れば、照明は、私的な生活の場においても公共の活動の場においても、経済価値を伴う営みの一つと目され、その標準化が望まれるようになる。加えて国の相互間での交通・交易の顕著な拡大は、さまざまな量の計測の基準の国際的な統一をますます強く要請する。メートル条約（一八七五年締結）の傘下の諸活動は、長さ・質量・体積に関するこの種の要請をかなりまで満たしたものの、測光・温度計測・電磁気計測（更に、世紀末から俄に注目されることになる放射線の計測）などについては、国際統一の方針すら見出し得ずにいた。

検討の場は、先進諸国の専門家の会合の中に設けられることとなった。一八八一年パリの国際電気会議を皮切りに、たびたびの会合がもたれた。九三年シカゴの会議には、七二歳の研究所長ヘルムホルツみずから、担当研究員ルンマーらを同行して参加した。

研究のお国ぶり

ところで、この種の会議では、意外な程にお国ぶりがむき出しにされるものである。明るさの基準のような話題についても、イギリスは（旧来の鯨油蝋燭はさておき）ハーコート（A.G.V. Harcourt）という人が考案したペンタン灯#に固執し、フランスはカーセル（Carcel）という人が考案した菜種油を燃料とする灯火に固執する、という有様だった。

日本の古い法律（電気事業法）では、電球の光度の表現に際してイギリス式のペンタン灯を基準とし、単位名を「燭」とすることが定められていた。

ドイツでは、ジーメンス社のトップ・エンジニア、ヘフネル＝アルテンエック（Fr. von Hefner-Alteneck）が考案したヘフネル灯（酢酸アミルを燃料とするもの）が業界の支持を得ており、国立研もその実用的な価値を認め、検査業務の対象として取り上げた（九三年）。シカゴ会議に出席したドイツ代表は、勿論ヘフネル灯の有用性を主張した。

ところがシカゴ会議は、フランスの旧提案に肩入れすることになった。ヴィオル（J.L.G. Violle）の考案に基づき、強く熱した白金片が融解する時の表面の一平方センチメートルの光度を基準とするとの案である。ルンマーは、国立研でそれを試用した経験に基づき、フランス案に反対した。決定は延期された。

さて、シカゴ会議は、万国博覧会の会期中に開かれたのであるが、ドイツ国立研のルンマーが仲間のブロジュン（E. Brodhun）と協同して開発した対比式の光度計に、万博賞が与えられた。ルンマーは、これを機として、それまで測光に冷淡だった同僚たちに、仕事の意義を大いにアピールした。

反面、フランス案を破棄できなかった事については、当然ながら不満が残った。所長ヘルムホルツも、国家のための科学研究を唱道する立場にあった人物であるだけに、遺憾の念は深いものだったに違いない（なお、その夏ニューヨークその他に寄ってから帰る途中の船で、はからずも転倒し頭を打って、晩秋まで休養を余儀なくされた）。

ドイツ・チームは、帰国後いっそう熱心に測光の問題と取り組んだ。ボロメーター（放射を受けた金属薄片の温度ひいては電気抵抗が変化する程度を測って放射の強さの値を求めるデバイス）♯の改良、高温用の空洞放射体の構築などが進められる。

♯　のち熱電対方式が重宝がられるが、今は半導体ボロメーターが愛用されている。

九六年ジュネーブ会議で議論が再燃し、ドイツ委員の強い反対があったにもかかわらず結局、基本的にはフランス案を採用、しかし実技上のその困難の補いの意味でドイツ案を副次的に認めるという、奇妙な選択がなされた。

ルンマーは、フランス案が空洞放射に依拠していない点を批評し、白金融解点での空洞放射の光度の計算も試みた。誠にすぐれた見識であったと言える。

ジュネーブの決定以後、ドイツの研究所、業界団体は、フランス方式を無視し、ヘフネル方式にそれまで以上の権威を付与した♯。

こうした経緯に見られる通り、計測基準のような問題にも国々の利害や面子がかなり露骨に反映する。国立研ではヘルムホルツが没しコールラウシュが後を継ぐことになり（九四年）、研究管理上の官僚臭が濃くなり始めるが、空洞放射研究は、「国家の威信にかかわる」ものと目されて以来、白眼視されることなく進行し得たに違いない。コールラウシュの執務の「精密さ」に辟易した人は、ルンマーをはじめ多数いただろうが。

同じ頃、「熱」の研究室でも、低温から高温に亙って信頼できる温度計測手段が次第に整備されてきた。国立研の歴史を飾る熱放射実験のハイライト期が到来したのである。

＃　測光の歴史については Liebenthal: *Praktische Photometrie*, 1907 によった。イギリスの Walsh : *Photometry*, 1926 も歴史を詳しく記載しているが、ドイツの事情については中途半端な記述しかしていない。

親友ウィーンの活躍

ベルリンの教授に就任したプランクは、同地の物理学会の会員や科学アカデミーの役員として次第に交際圏をひろげ、刺激を受ける機会に恵まれるようになった。

中でも旧友ウィーンの活躍は目覚ましかった。同じヘルムホルツ門下の後輩ウィーンは卒業後四年ほど郷里・東プロイセンの父の農地（経済史でいうラントグート）で働いていたが、国立研の発足三年後の一八九〇年、所長ヘルムホルツにスカウトされて研究員となり、九二年からベルリン大学私講師を兼務した。

ウィーンは実験にも秀でていたが、九〇年代初期、理論に力を入れ、教授資格取得論文では「エネルギーの局在（Lokalisierung）の概念について」考察した。エネルギーの「局在」とは、アインシュタイン光量子を連想させる言葉である。勿論そのように短絡した理解は許されないが、ボルツマン流のエントロピー解釈への橋渡しがこの論文の結語に見られる【カングロー】点など、科学史の上で気になる事柄の一つである。

それに続くウィーンの仕事は、熱放射研究史の中の一つの（正しくは三つの）ピークをなすものとして、比較的ひろく知られているであろう。

ピークの第一は、理論のほうであって、空洞放射を波長ごとに分けた（言い換えれば分光した）強さを考えると、強さのピークに相当する波長λ_mは、空洞の壁の温度（ケルビン♯で表わす）Tに反比例する、という法則の導出である。これを、国立研のルンマーとプリングスハイムは「変位則」と名付けた（一八九九年）。

♯　Iの法律文にも出ていたが、セルシウス温度（℃）の値プラス二七三・一五。

本書で取り上げた話題（I）に添って「変位則的な事象」を挙例すれば、電熱レンジのヒーターは見え初め（温度は八五〇ケルビン程度）には赤っぽいが、強く熱して一二〇〇ケルビンほどになれば橙色に近付いてゆくし、およそ五八〇〇ケルビンの太陽表面からの光は、黄緑（波長五〇〇ナノメートル）あたりにピークをもち真っ白に見えるのである。

これらの事実は前から分かっていたのだが、その理論を初めて整えたのは国立研のウィーンだった。この理論の基盤は、かくべつ新しいものではなくて、いわゆる熱力学、つまりプランクがかねてからご執心だった分野での、在来どおりの推論法で導き出すことができる。とはいえ、歴史的には大変おもしろい段階だった——なぜなら、当時までの熱力学では、気体が膨張してピストンを押すとどれだけの仕事をするか、化学変化に伴ってどれ程の熱が発生するか等、どのみち物質にかかわる熱の働きを論じていたのであって、空洞の壁から出て空間に満ちている（つまり物質から離れた）「放射」に熱力学をあてはめるのは、本来の立場からはみ出していると批判する人が多かった#からである。

「しかし若いウィーンには、輻射に熱力学を適用できることは殆ど自明に思われた」##と書いた科学史家【天野1、2】は、この推移をいみじくも「歴史の変位則」と呼んだ。

天野・変位則に便乗して言えば、私たち後代の学習者にとって、「放射がピストンを押して仕事をする」といったウィーン流の推論は、いわゆる思考実験の連鎖のようなものであるからいかにもなじみにくく感じられる。既出の式⑽を波長λで微分し極大値を求めて納得するだけでは先人に失礼なのかと畏れつつも、一九世紀末思考法からの「変位」の大きさと非可逆性を痛感せざるを得ない。

#　必ず引き合いに出されるのは、イギリスの老大家ケルビンすなわち第二法則を定式化し温度単位に名を留める人物がウィーンの企てを批評した言葉——「熱力学は狂いかけている Thermodynamics are going mad.」

##　ウィーンの回想記 *Aus dem Leben und Wirken eines Physikers*, 1930, S. 17.

熱放射を空洞に閉じこめる

ウィーンの仕事の第二は実験のほうである。本書で既に再三に亙り話題にしてきた空洞放射というものを、科学実験の対象として意識的に実現し観測したのが、ウィーンとその同僚ルンマーだったのだ（一八九五年）。それまでの実験では、裸の白金だのそれに黒い物質を塗ったものだのを対象にしていたが、表面状態の微妙な違いが放射を左右し、肝心な「放射の強さと温度」との関係をみきわめることができない♯。

ウィーンらは、放射体から「出て行く」熱エネルギーをそっくり補うように外から熱エネルギーを「照らし与える」状態をつくれば、熱の収支がバランスする（熱平衡の状態になる）こと（図4）を重視し、それを実現するためには「壁の温度が一様な空洞を使う」のがよいことを強調し、のみならず外から観測するためには「壁に小穴を開け、それに伴う状態の乱れを算定する♯♯」ことが必要だと述べ、簡単な球形の場合の算定例を示し、さっそく行なった実技上の経験を披露して、今後なされるべき実験の指針を付記した♯♯♯。

♯　シカゴ会議で検討されたヴィオルの光源は、「裸」の白金を使うものであった。

♯♯　算定の仕方は、いらい多年に亙って、積分方程式やコンピューターの助けのもとに精密化され、ほとんど任意の場合への適用が可能になった。

♯♯♯　ずっと後の一九四八年の話だが、白金融解点の空洞放射が光度の国際基準として採用された。言わばそれは、ヴィオル案をウィーン‐ルンマー空洞の中に取り込んだもので、白金の表面状態との縁は切れた。またウィーン‐ルンマー論文の末尾にコメントされていた空洞ボロメーターは一九七〇年代に放射の絶対測定の手段の一つとして注目され新しい光度基準（一九七九年、放射の絶対測定に依る）への道を開くことに寄与した。こうして白金の物性とはいっさい無関係な基準が完成した。

ウィーンらの所見に従う実験が直ちに開始された。始めの装置は、ガス燃焼の熱源を使うものであったから、一一〇〇ケルビンを越えるような高温で安定かつ一様な空洞状態をつくり出すには苦労があったが、一八九八年からは電熱炉を使って一三〇〇ケルビン程度で実験できるようになった。実景を示す図を、当時の論文♯から採録しておく。

高温に耐える材料で作った管のまわりに薄い白金の板を帯状に巻き、電流で加熱する。内部にいくつもの穴開き板（ダイアフラム）を置き、中央の仕切り壁の部分Eを空洞として使う。E部に白金—白金ロジウム熱電対の測温接点を設ける。高温管全体をKのように覆って断熱する。Gに熱電対の基準接点を設ける。Pは熱起電力測定のための検流計。

熱電対の起電力を測ったからといって、すぐに熱力学温度Tが求められる訳ではない。ウィーンは、以前から国立研の「熱」研究室のホルボルン（L. Holborn）と共同して、気体（空気）温度計から得られる熱力学温度とこの熱電対との比較校正（calibration）を行ない、三次式の形の経験式にまとめていた。

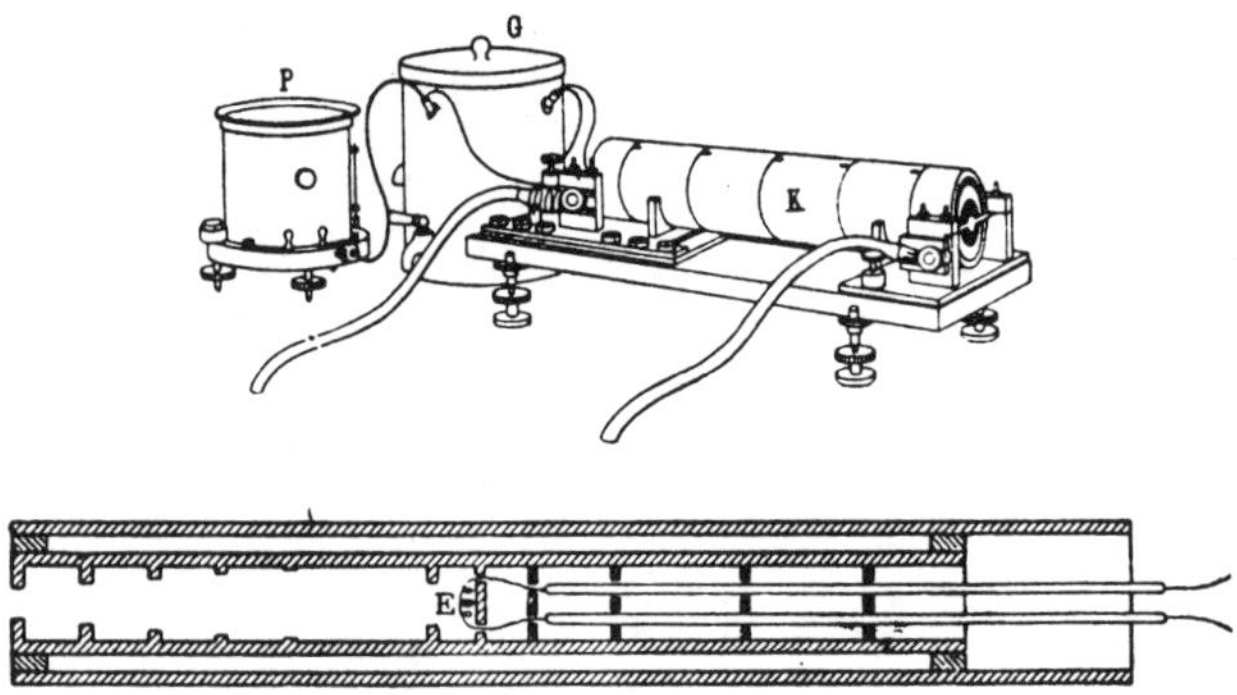

図6　空洞放射の観測と温度測定

以上のような実験手法は、多年、スタンダードなものとして尊重された——その間、技法と精度の面での進歩が積み重ねられたことは言う迄もない。

なお、時代を更に遡れば、熱伝導論で有名なフランスのフーリエ（J.B.J. Fourier）も、空洞放射（しかも熱平衡状態としてのそれ）の重要性を認め、たびたび論じていた##のであるが、ドイツ圏では余り顧みられなかったようである。

\# 一八九八年、一九〇一年。Müller-Pouillet : *Lehrbuch der Physik*, 一一版、第三巻の一、一九二六年、六四ページに収録されているものに依った。

\## 高田「科学史研究」、Ⅱ－二八巻、一七〇号、一九八九年、八〇ページ。

空洞放射分布法則への関門

ウィーンの仕事の第三ピークは、ふたたび理論のほうである。空洞放射の強さLが波長λによりまた温度Tによりどう変わるかを表す分布式——関数として書けば

$$L(\lambda,\ T) \qquad (18)$$

——の追及が始められた。本書Ⅰの法律文や式⑽をご記憶の方は、空洞放射研究の最終目標がこの式にあることを理解されるであろう（本書「まえがき」も参照）。

それは、最終の目標であると同時に、最大の難所であった。この難所を攻略するに当たって従来の熱力学理論だけでどこまで肉迫できるか、その限界は、実はウィーンが変位則を導いた時すでに見極められていたのである。省令の記号に戻れば、ある関数Fを使って

$$L_\lambda(T) = \frac{1}{\lambda^5}F(\lambda T) \qquad (19)$$

と書くことはできても、Fの形は未知という事である。つまり、波長λと温度Tとの積をひと塊の変数とする形ではこうなる#が、その先、具体的な形を示すことはできない、という訳だ##。

例えば、λ＝一μm、T＝一〇〇〇Kの場合とλ＝二μm、T＝五〇〇Kの場合、積λTは等しいので、関数Fは同じ値となり、二つの場合の区別を与えない。

⒆はシュテファン－ボルツマンの法則（波長分けしない全放射の強さが温度の四乗に比例する）と熱力学的考察とから導かれるが、説明は略す。ひと言つけ足しておけば、放射（光を含む）に「圧力」があるという事実がこれらの推論の基礎をなしており、そしてこの事実も少し前に理論から予想され実験で確かめられたばかりだったのである。その実験の様は、夏目漱石

『三四郎』の理学者・野々宮の描写の中に巧みに織り込まれている。

さてウィーンは、大胆な推論で一歩を進めた（一八九六年）。結論は

$$L_\lambda(T)=\frac{C_1}{\lambda^5}\cdot\frac{1}{\exp(C_2/\lambda T)} \qquad (20)$$

であり、当時の実験結果とよく合っていた。彼の推論は、分子運動論を強引に当てはめたもので粗っぽいところがあり、温度Tが無限に高くなるときにも有限な放射輝度しか与えない。しかし確かに意義ある一歩だった。プランクのみでなくアインシュタインも、理論を展開するに際して何度となくこの式を拠り所にした。

計算をおっくうがらない方は、前ページ♯の二つの場合について式(10)と(20)の値を比較なさるとよい。いくらも違わないことを確認できる筈である。事実、(20)は、一九四八年までの温度基準の国際協約を始め、いくつかの分野で、(10)に代わるすぐれた近似式として、もちろん限定付きで、利用されていた。

プランク登場寸前の熱放射研究

さて、国立研では、ウィーンのアーヘン大学への転出（九六年）という事態があったとはいえ、実験はその後も着々と進み、一九〇〇年には、λ＝五一μm、T＝一八〇〇Kほどの長波長・高温度に及んだ。実験上の困難に一言ふれれば、高温もさる

ことながら、長波長の赤外線を波長分けするには岩塩のプリズムや残留線の方法が利用されたから、前者では湿気の防止、後者では余分な放射の除去などに大変な苦心があった。

ここでもう一つ計算問題。前と同じく式⑽と⒇との値の比較だが、λ＝五〇μm、T＝二〇〇〇Kで試みられたい。食い違いは、かなり目立つであろう。

ウィーンの分布式の欠陥は、もはや無視しがたいものとなった。

一方、イギリスのレイリー（Rayleigh, J.W. Strutt）は、同じ一九〇〇年に

$$L_\lambda(T)=\frac{C_1}{\lambda^5}\cdot\frac{\lambda T}{C_2} \tag{21}$$

に指数項を掛けた式を導き出した。これもまた、振動論と（古典）統計力学からの式にむりやり指数項を掛けた強引な結論であった。実験との合致の面で言えば、我々の例題の最後のλ＝五〇μm、T＝二〇〇〇Kでは満足できるのに、日常的なλ＝〇・五μm（可視光）、T＝八〇〇K（電熱レンジ程度）では全く当てはまらない。この式では、波長が極端に短くなるにつれて放射の強さが無限に大きくなる訳で、それも事実と合わない。

空洞放射の分布式を確定しようとする学者たちの歩みは、こうして迷路に入ってしまった。我らのプランクもこの迷路に深入りしてゆくのだが、その入り口を訪れて足を踏み入れたのは、ベルリン大学に移籍してから五年目の一八九四年のころ、従って、ウィーンが変位則導出を済ませ、空洞

放射実現のメドを付けた時点であり、ウィーンの波長分布式⒇やレイリーの式(21)はまだ発表されていない。

それから五年間、世紀が変わる一九〇〇年（それも秋から暮）までの間、実験がじりじりと拡張されウィーンやイギリスの学者たちの分布式が発表されるのを見ながら♯、プランクは、迷路の一角に定数hを掘り当て、二〇世紀物理学への突破口を見出すのである。

♯ 文献学的に細かく言うと、イギリス説を「見た」証拠はないらしいが。

プランクの熱放射理論研究戦略

一八九四年、ベルリン大学に地位を得て五年目のプランクは、理論物理学講義の幅広い展開の第二ラウンドをほぼ終えたところであった（そして多分、著述【プランク熱力学】刊行の準備に忙しかったであろう）。ベルリンに移った直後には物理学者集団の中のただ一人の「理論」屋という立場が重苦しく感じられたが、遠からず実験家ルーベンス（H.Rubens）と親しくなり、学会などで接触する人びとからの刺激もあって、熱放射理論の研究に手をそめ九五年から次々と論文を発表し始める。三〇歳代の半ばを過ぎた時期である。

ウィーンとの親交を続けていたプランクは、これまでの熱放射理論の歩みをよく知っていた。プランクの得意技である熱力学的なアプローチでそれを攻めてゆくためには、この際あたらしい戦略を導入しなければならない。彼は、拠点を電磁気学に求めた。

この拠点は決して唐突に選ばれたものではない。プランクの熱力学研究は、二つの基本則からの演繹で進められているとはいえ、【プランク熱力学】（九七年）序文にあるとおり、「運動、電気を含む諸作用を統一ある自然観の元に置くための努力がいつまでも抑制されている筈はない」との見方にも顧慮を払いつつ進められてきていたからである♯。

♯　ただし初版では熱放射は扱われていない。二版（一九〇五年）序文で熱放射研究者六人の名が列挙され第二法則の確率論的な意味付けが予告されるが、詳細は別著に保留される。別著とはもちろん【プランク熱輻射論】（〇六年）である。

さて、歴史への回り道はなるべく切りつめたいが、マクスウェル（J. C. Maxwell）の名著『電磁気論』出版が一八七三年つまりプランクがギムナージウムに在学中の時期、ヘルツ（H. Hertz）の電磁波実験が八七年つまりプランクがエネルギー論文で受賞し国立研が発足した年であったことだけは、思い出しておくべきであろう。

プランクは、ヘルツの電磁波発信器を抽象化した微小な振動子（共鳴子）を想定し、それら多数の集団が空洞の中で放射を放出し吸収しながら熱的な釣り合い（熱平衡）の状態に向かってゆく非可逆過程を、ていねいに考察し続けた。力学的（とりわけ音響学的）な共鳴の問題に経験を積んでいたプランクは、今度の戦略の初動段階では割合に楽観的な見通しをもっていたようである（音響・音楽のことはⅢで触れる）。

しかし遠からず、研究対象の手強さが判ってくる。まわりからの反響とりわけボルツマンからの批評もまた、はなはだ手強いものであった。ボルツマンは、電磁気学の基礎となる方程式は力学のそれと同じく可逆過程を記述するものであり、それ自体から非可逆性が導かれるのは初期状態に特別な秩序性がある場合に限られるので、一般性ある議論を進めるには他の要素（とりもなおさず、ボルツマン流の確率的な要素）をもって補いとしなければならない♯、という趣旨の批評を呈したのであった。

♯　ボルツマン自身「非可逆的な放射過程」について論文三篇を書いている。*Berliner Berichte*, 1897, S.660–662 u. S.1016–1018; 1898, S182–187. また、同じ時期に原子論（アトミスティーク）の不可欠性を強調する論文を二つ書いた（河辺による邦訳『現代の科学I』、世界の名著六五、中央公論社、一九七三年）。

プランクとボルツマン――その一　ところで、その頃までのプランクのボルツマンに対する態度はかなり「突っ張った」ものだったのだが、この批評を受けた時期からボルツマン流への転向が見え隠れし始める。彼の「転向」に関しては多くのことが語られているので、引用は避け、むしろ、転向の背景をなす事柄の追認と、科学史学上の近年の論調の紹介とを試みるだけにしよう。その意味で、前出ブラッシュのロマン・リアルの図式は示唆するところが多い。

まずリアリズム、とりわけボルツマンの原子論（atomism）。

オーストリア・ウィーンのボルツマンは、熱放射（波長分けしない形での）のT四乗則の理論（一八八四年）に先立って、熱現象の力学的解釈の問題と精力的に取り組んできていた。六〇年代イギリスのマクスウェルらによって開拓された確率論的な気体運動の学説は、ウィーンの学者たちの手で大いに拡張されていたのである。ボルツマンは、古典的な粒子力学と確率論とを結び付け、「分子の無秩序（カオス）状態」の考えを出発点とする熱力学第二法則の確率論的な基礎付けを行ない、当時のいわゆる原子論（ドイツ語ではAtomistik）の旗手として、それなりに強い影響力をもっていた。

ボルツマン流の解釈に立てば、第二法則がうたうエントロピー増大もまた確率的な事柄であって、エントロピーは「圧倒的に大きな確率で」増大するものの、「圧倒的に小さな確率で」ではあるが減少もする、ということになる。ボルツマンらは、この考えのもとにいくつかの物理的事象の法則を再解釈すべく苦心していた。

とはいえ彼の説を直接に支持するような実験の遂行は当時まだ困難であったから、ボルツマンは、別の立場の学者たとえばエネルギー一元論（ドイツ語 Energetik）のオストワルト（W.Ostwald）、実証主義のマッハ（E.Mach）らから批判されることも多かった。

ここで再びブラッシュの図式を参照しよう。オストワルト派がネオ・ロマンティシズムに格付けされているのは、「あらゆる現象を単一の基本原理――この場合、エネルギー保存則――で解釈しようとする」ロマンティシズムの流れを奉ずるこの派に対して極めて適切なことである。ではマッハ派はどうか？ブラッシュ図式もいささか手を焼いているかのようで、実証主義の一側面はリアリズムに属し、経験批判論・感覚主義はネオ・ロマンティシズムに属するものとされている。ブラッシュ図式は、文芸思潮まで包含しての考察でこそ精彩を放つが、各論的にはしっくりしないところを残すとも言えようか。あるいはマッハ（およびその使徒、亜流ないし分派）の主張には、「雲をつかむ」趣があるというべきか。ともあれ、プランクが世に出た時期、熱学の基礎を論ずるための思想的立場は、少なくとも「三つ」巴の様相を呈していたのである。

熱力学第二法則とプランク　さて、煩わしさは承知で復習すれば、プランクの学位論文は熱力学「第二」法則すなわちエントロピー増大法則を系統的に深く論じたもの、ゲッチンゲン大学懸賞論文は熱力学「第一」法則すなわちエネルギー保存法則を歴史的に手広く論じたものであった。こうした経歴をもつプランクは、若年期にエネルギー一元論者オストワルト、実証主義者マッハへの接近を保っていた。しかし、さまざまな経緯の末、結局は理解し合えないことを知り【プランク自伝】、自分でエネルギー観を磨き上げてゆくことになる。

他方、エントロピーについてプランクは、クラウジウスの学風に添って考察を深めてきながら、クラウジウスが気体運動論に手をそめ平均自由行路などの有用な概念を提示したことには余り関心を寄せず、原子論者ボルツマンの流儀の確率論的な解釈をも敬遠したままで熱放射研究に着手し、さっそくボルツマンから手痛い批評を受けたのであった。

元来プランクは、学位論文（七九年）以来、第二法則を、次のように理解し表現してきた――自然界において観察される諸過程が完全に元へ戻ることは決してない――。クラウジウスの著書に影響されてからの表現の骨子は、次のようなものになる――一つの系が自然の成り行きの後に始めの状態に復帰する際には、その系のまわりに同時進行的な変化が伴っている――。

八七年の論文からは、「自然が、見掛け上、ある状態を他の状態よりも偏愛（ひいき、vorlieben, prefer）するのだ」とも説くようになる。この「偏愛」の語は、擬人的な含意をもつもののように我々には響くから、人間的（anthropomorphic）な要素を自然科学から排除せよというプランク後半生の主張とはしっくりしない趣があるけれども、この語への偏愛は最晩年の【プランク自伝】まで続く。

以上のように、プランクの（少なくとも九〇年代半ばまでの）第二法則解釈は、巨視的な現象論の立場に徹したもの、そしてまた、絶対的な、ほとんど公理論的なものであったと言える。いずれにしても、ボルツマン流の「（確率は極めて小であるにせよ）第二法則からのはずれが起こりうる」との解釈は、当時のプランクが与《くみ》し得ぬものであった。

自然は非可逆

熱放射論の話に戻って——プランクの九五年、九七年の熱放射論文では、共鳴子のふるまいの中に非可逆なもの（電磁気学的には抵抗、力学的には摩擦）を取り込まないための配慮がなされている。消費を伴わない保存的な機構だけで非可逆性を導くという戦略なのである。入射する平面波が振動子で散乱され球面波として出てゆくことに非可逆性の鍵を求めるといった苦心が続けられたのだが、ボルツマンの批評は、そうした小細工を超えて本質を衝いたものであった訳だ（なおボルツマンは、プランクの散乱の考えがうまくゆけば私も嬉しい、と励ましている——一八九七年の第二論文【カングロー】）。

ボルツマンの批評に対してプランクは、いったんボルツマン側に誤解があると答えたりもしたが、ボルツマンの批評は尤もなものであったから、プランクはここで戦略を立て直し、要素的な振動それぞれに放射エネルギーが分配される仕方はランダムで、相関（コヒーレンス）をもたないという扱い方に転じた——現今の話題に引き寄せて言い直すとすれば、コヒーレンスの優れた放射であるレーザーの対極に当たるようなものを考えたのである。プランクは、この「自然放射（natürliche Strahlung）」#の工夫を通じて批評をかわし、更に考察を拡張していった。

この形容詞「自然（natürlich）な」は、後にいう「非可逆（irreversibel）な」と同義だと

書いている【プランク自伝】。

ひとりの学者の思想の推移を跡づけるという仕事は、決して簡単なものではない。本人が率直にその記録を留めるとは限らないし、それどころ

原子レベルのモデルへ

か、ご当人が推移を自覚しない場合すらあるからだ。近年、欧米学者たちの残した手稿、書簡のたぐいの追跡・収集が盛になり、関係者へのインタビューなども折々に行なわれているが、東洋の我々がこの種の手法を適用しようとしても、依然として「地の利」を得ない感は強い。

それはそれとして、我々の目に触れやすい資料の範囲でも、まだまだ考察に値する事柄は見出されるものである。一つ二つメモしておきたい。

そもそも、プランクが考えた微小な振動子の集団というこのモデル設定の中には、微視的（micro-scopic）な「原子論」が既に忍び込んでいる【高林】——目方をもつアトムと考えたかどうかは別として。しかしながらこの点をめぐる欧米科学史家の解釈は概して歯切れが悪い。【カングロー】は、プランクが共鳴子を物理的実体（physical entities）と考えていたとし、目方のあるアトムと捉えていた節があるとする。他方、プランク共鳴子そのものは決して実在物と見なされておらず、目方のある物質といくらかの関係はあったにせよ、やはり放出・吸収過程の抽象的なモデルに過ぎなかった、とする人もある【ニーデル、注二二】。

ヘルツの実験では、規模数十センチメートルのどっしりした装置が用いられ、二ミリメートルほどの火花間隙から波長六〇センチメートル程度の電磁波が放射された#。それと比べて、プランクの振動子は、眼で認められる限度をはるかに下回った小ささに抽象化され、直接に計測するすべのない高周波の放射をやりとりするものと想定されている。

プランク振動子は、原子論のレベルで構築された抽象度の高いモデルである。マッハにとっては決して認容しえぬもの、ボルツマンにとっては我が意を得たものであった訳だ。

阿部良夫訳『H.Hertz 電波に関する論文集』、科学名著集、一九一五年。

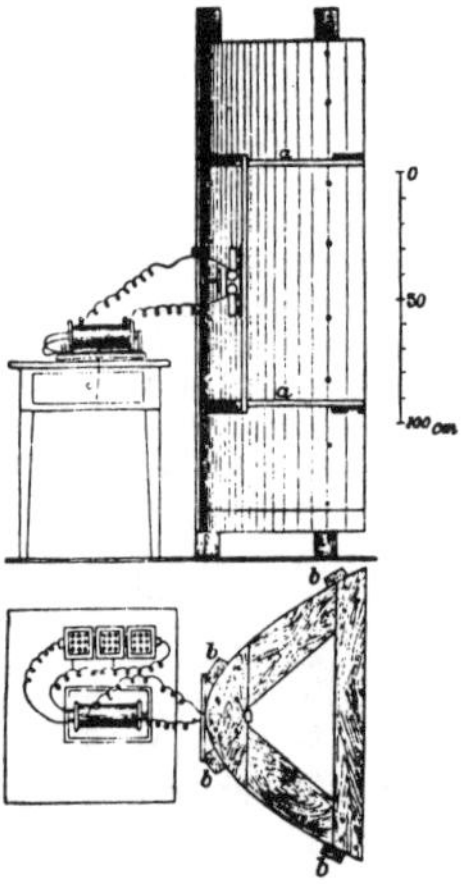

図7　ヘルツの電波実験装置

エントロピーと確率

もう一つメモしておく。【プランク熱力学】の七版まで（つまり一八九七年から一九二二年まで）の第二法則証明のくだりの注（芝の訳、三六一ページ）では、「気体の運動が甚だ雑然としていて温度および密度の定義ができない……場合に対しては、ボルツマンの……運動学的気体論の立場からここに与えたのとは異なったエントロピーの定義が与えられ、その定義は更に一般的な意義を有していて、静的状態またはそれに近い状態に対しては通常の定義と一致してしまう……」といった説明がなされている。熱的「非」平衡の系の状態量を定義するに当たってボルツマンの流儀に依拠し始めていることの表われの一つと見られよう♯。

♯　どの版からこの注が加わったのかを書誌的に精査する必要があるが、逆に、一九二二年段階の問題として見れば、プランクは相変わらず限定的な受け止め方をしていたと批評したくなる。つまり甚だ雑然としていて……（熱平衡状態についてのみ定義されるべき）エントロピーが定義できない場合には（仕方がないから）ボルツマン流の運動論的エントロピーを使う、という態度だからである。

同書・第八版（一九二七年）の大改定で「より大・等・より小」の区別のみが付与された形での確率が、慎重に導入され、「エントロピーは（この意味の）確率に対する一つの尺度である」とし、これで第二法則の内容が遺漏なく言い表わされたとするのである。

東洋からの手探りはこの程度に留め、このあと、「地の利」に恵まれた欧米の科学史家の言から、いくつかを取り上げておくことにしたい。

パラダイム論で世に知られるクーン（T.Kuhn）の所見については、以下の点が重視される――プランクの改宗はおそくとも一八九七～九八年の冬のことであった。その時期、彼はボルツマン流の第二法則解釈を丹念に追認し、そこに見られるヒントを我がものとしてボルツマン流のアプローチへの抵抗を放棄ないし殆ど放棄した。しかし、歴史研究者から言えば残念なことだが、プランクはこの転進を二年あまり公言しなかったので、結果的に〈プランクの改宗は量子仮説導入と直結していた〉という、世上にほぼ行き渡っている印象が一段と強められることになったのだ——【クーン、七七ページ】。

クーンはまた、プランクが友人グレーツ（L. Graetz）に宛てて書いた九七年春の手紙#を調べて、プランクの第二法則解釈の「ゆらぎ」の跡をトレースした。それを要約すれば、——(1) 確率論的な解釈は、熱伝導のような非可逆過程の「向き」を定めこそすれ、その量的な大きさが定まることを保証するものではない、(2) 気体論で扱う離散的な質点の代わりに連続体を考えれば、第二法則の力学的な意味が見出されるものと期待されるが、それは大変むずかしい問題であり、解決に時間がかかる、(3) 事前に何も分かっていない場合なら、最も確からしい状態を確率で算定することはできるが、起こりそうにない（improbable な）初期状態が与えられている場合には、後続状態の算定に役立つのは力学であって確率ではない、(4) 気体論を救う（save, retten）目的のみのために、起こりそうにない初期状態に関する仮説の助けを借りるよりは、むしろ、第二法則が厳密に妥当だとするほうが、容易であり有望である——【クーン、二七ページ】。

ミュンヘンのドイツ博物館所蔵。【カングロー】が最初に注目した。クーンはカングローからコピーを貰った。

もうひとつ紹介しておきたいが、プランク伝【ハイルブロン】に「一九〇〇年パリでの国際物理学会の公認記録者によれば、原子論とエントロピーとの矛盾に頭を悩ませている人は世界中で四人どまりだ」とある。ボルツマンとプランクと、あと二人ということであろう。どのみち少数派だったのだ。我らの長岡半太郎も招かれて磁歪研究の報告をしたのだが、この「矛盾に頭を悩ませる」にはまだ遠かった（後章Ⅳを参照）。

さてハイルブロンは、グレーツ宛てのプランク書簡を、お得意の調子で品評している――プランクは、ボルツマン流のアプローチを「全面的に誤った（absolutely wrong, absolut falsch）もの」としたのではなく、気体論でいうところの「可能性が限りなく低い（infinitely improbable, unendlich unwahrscheinlich な）もの」としたのだと。

まとめて言えば、プランクの「改宗」は、当人の内面ではけっこう早目のテンポで進行したもののようである。しかし外野から見れば（あるいは内野からみても）、それは、およそ四年間鳴かず飛ばずの様相を呈し、一九〇〇年とつじょ筋金入りになったとしか思われなかったのである。

エントロピーとエネルギー　これまで見てきた経緯と合わせてもうひとつ注目されるのは、プランクが、熱力学の二大法則の間の性格の違い――量的には「一定と増大」、現象的には「保存と散逸」――の問題に多年の執心を寄せていたという事実である。両者を統一する、もしくは一方を他方に従属させる試みなどが、彼の仕事の中におりおり顔を出している♯からである。

♯　辻哲夫『現代物理学の形成』、東海大学出版会、一九六六年、三四ページ以降。

さて、熱放射理論の再構築に余念のなかったプランクは、一八九九年五月に、「自然放射」のエントロピーの式を示すところまで進んだ。

——ここからしばらくの間、数式ぬきで話を繰り広げるのは、私の力を越える。挿入されている表の数式を眺めながら、矢印や日付だけでもよろしいから辿って下さるよう、読者にお勧めするのみである（お料理のマニュアルみたいな面白さがお判りになればいちおう目的は達せられると、申し上げておく）。

まず、①が、自然放射する振動子一個のエントロピーの式である（原論文のままの記号と形式で示す）。Sはエントロピー、νは周波数、Uはエネルギー、aとbは正の定数、そしてlogは自然対数、更にeは（電子の電荷でなく）自然対数の底である。

さっそく種を明かしてしまえば、①は、ウィーンの分布式Ⓦとツジツマが合うよう、そしてエントロピーの表現にふさわしくなるよう、プランクがお膳立をしたのである。eの入り方が不自然なので、②の形に改め整理しておく。

今度は、私が（僭越ながら）味付けを施して、③のように記号を変える（プランクに反逆するためではなく、私じしんの口当りをよくするためである——読者のためにもなると信じつつ）。α、βは共に正の

⑯ $$S = k\left\{\left(1+\frac{U}{h\nu}\right)\log\left(1+\frac{U}{h\nu}\right)-\frac{U}{h\nu}\log\left(\frac{U}{h\nu}\right)\right\}$$

$\dfrac{\beta}{\nu} = h$ （Planck 定数）［1900年12月］

⑮ $$S = k\left\{\left(1+\frac{U}{\varepsilon}\right)\log\left(1+\frac{U}{\varepsilon}\right)-\frac{U}{\varepsilon}\log\left(\frac{U}{\varepsilon}\right)\right\}$$

$\alpha = k$（Boltzmann 定数），$\beta = \varepsilon$

⑭ $$S = \alpha\left\{\left(1+\frac{U}{\beta}\right)\log\left(1+\frac{U}{\beta}\right)-\frac{U}{\beta}\log\left(\frac{U}{\beta}\right)\right\}$$

⑫ $$\frac{\partial S}{\partial U} = \frac{-\alpha}{\beta}\log\left(\frac{U}{\beta+U}\right) \equiv \frac{1}{T} > 0$$

P　⑬ $U = \beta\dfrac{1}{e^{\beta/\alpha T}-1}$　Planck 分布式［1900年10月］

⑪ $$\frac{\partial^2 S}{\partial U^2} \equiv \frac{1}{R_P} = \frac{1}{R_w+R_R} = \frac{-\alpha}{\beta U+U^2} = \frac{-\alpha}{U(\beta+U)}$$

［1900年10月］

S：エントロピー　　ν：周波数

U：エネルギー　　ε：エネルギー要素

T：熱力学温度　　a, b, α, β：正の定数

R：ゆらぎ

熱輻射論とエネルギー量子仮説

〔W〕 Wienのschemeから

$a>0,\ b>0$

① $S=-\dfrac{U}{a\nu}\log\left(\dfrac{U}{\mathrm{e}b\nu}\right)=-\dfrac{U}{a\nu}\left\{\log\left(\dfrac{U}{b\nu}\right)-1\right\}$

② $=\dfrac{b}{a}\left\{\left(\dfrac{-U}{b\nu}\right)\log\left(\dfrac{U}{b\nu}\right)+\left(\dfrac{U}{b\nu}\right)\right\}$ [1899年 5 月]

③ $b\nu=\beta,\ \dfrac{b}{a}=\alpha$ とする．$\alpha>0,\ \beta>0$

④ $S=\alpha\left\{\left(\dfrac{-U}{\beta}\right)\log\left(\dfrac{U}{\beta}\right)+\left(\dfrac{U}{\beta}\right)\right\}$

⑤ $\dfrac{\partial S}{\partial U}=\dfrac{-\alpha}{\beta}\log\left(\dfrac{U}{\beta}\right)\equiv\dfrac{1}{T}>0$

W　$U=\beta\dfrac{1}{\mathrm{e}^{\beta/\alpha T}}$　Wien 分布式 [1896年]

⑥ $\dfrac{\partial^2 S}{\partial U^2}=\dfrac{-\alpha}{\beta U}\equiv\dfrac{1}{R_{\mathrm{w}}}<0$

〔R〕 Rayleigh-Jeansのschemeから

⑦ $S=\alpha\log U$

⑧ $\dfrac{\partial S}{\partial U}=\dfrac{\alpha}{U}\equiv\dfrac{1}{T}>0$

R　⑨ $U=\alpha T$
Rayleigh-Jeans 分布式
[1900／1905年]

⑩ $\dfrac{\partial^2 S}{\partial U^2}=\dfrac{-\alpha}{U^2}\equiv\dfrac{1}{R_{\mathrm{R}}}<0$

定数。エントロピーの式①は、④になる。

エントロピーのSをエネルギーのUで微分したもの⑤は、温度Tの逆数である（これは一般的な事柄で、【プランク熱力学】などを復習すると却って煩雑だから、お手元の公式集でお確かめになれば足りる#）。⑤を料理すると[W]が得られる。つまりウィーンの分布式に戻った訳で、当たり前のことに過ぎない（もちろん、プランクのお膳立が戦略にかなっていたことと我々の計算が正しかったことの二つを確かめる意味はあった）。

更に二次微分⑥を求めると、常に負（マイナス）であることが判る。つまり、「極大」値への対応が認められるのである。二次微分の逆数をRとしておく。RはUに比例する。

#　「温度とエントロピーとの電磁気学的な定義」の考察は省略する。

ここで一段落となるので、我々の側からの考察を挿入しよう。

この時期まで、プランクはもとより、ほとんどすべての研究者がウィーンの分布式を正しいものと考えていた。実験結果もそれを支持していた。プランクは、いわば、ウィーン式を素材としてエントロピー式①をこしらえたのである。

その点だけを見れば、循環的なトリックに過ぎない感はある。

けれども、これはやはり重要な一歩ないし二歩であった。電磁気的な振動の集団にエントロピーおよび温度の概念をあてはめてその式を書いたこと、そして「極大」値への対応から「平衡へ向かう非可逆性」を読み取れるようにしたこと、の二つである。このRが、後々すこぶる重要な役をする。

これらの歩みを可能にしたのは、ほかでもないプランクの「エントロピーへの執心」であった。本書Iの式(45ページ)でも見たように、普通にはエネルギーと温度とを結び付ける式で処理することが多いのだが、プランクは、エントロピーSの表現、それのみならず、Sの一次微分と温度Tとの関係、果ては二次微分の正負まで確かめた。このあたりに、プランクならではの底力を見てとってよいと信ずる。本節の最初で見たように、彼は熱力学の第一(エネルギーU)法則と第二(エントロピーS)法則との関係まで深く考察していた。①から⑥までの運用に、その反映をうかがうことができる。

ただし、①の形と、ボルツマンのスタイルとりわけ $f\log f$ という書き方#との近親性は、見る人ぞ見るではあるが、覆い隠しようのないものと言えよう。

ボルツマンが気体分子の速度分布関数fを出発点としてH定理(熱現象を統計力学的に基礎づける定理、一八九六年)を論証するために使った表式。

ウィーン分布則の限界を超えて　平行して実験も着々と歩を進めた。先陣は、国立研の客員ルーベンス(プランクと親しくなっていた)らで、波長範囲は二四・〇、三一・六#、五一・二μm

と大幅に拡張された。ウィーンの分布式との食い違いは、疑い得ぬものとなった。

＃　【天野1】の六六ページの三六・一は誤植。

一九〇〇年の秋のドイツ物理学会の例会（一〇月一九日）は、科学の歴史にとって、ひいては本書にとって、記念すべきイヴェントとなった。

国立研からの実験報告「黒体の長波長放射について」の発表に続き、プランクは番外の発言を乞い（つまり飛び入りで）「ウィーンの分光分布式の一つの改良について」短い講演＃をした。「ただ今の発表でも述べられたように……ウィーンの分布式は……普遍的な意義をもたず、……たかだか一つの極限法則の性格をもつだけであって……」と語り始め、我々の挿入表の⑥を示したあと「けっきょく私は、ウィーンの式よりは複雑だが……熱力学および電磁的理論のあらゆる要求を完全に満足させるように思われる全く任意な式を構成すべきだと思い付き……そうして作った式の中で……簡単さでは殆どウィーンの式に近く……検証する価値があると思われるもの」として⑪、⑬を提示したのである。

＃　【プランク論文邦訳】

引き続き、挿入表の数式群を追っていただきたい。

後から整理すればプランクの考え方は、こんな具合だっただろう――ウィーンの式に密着させてきた従来の理論では、⑥が示すとおりRがUに比例したが、長波長・高温度での実験の結果を満たすような理論を構成するためには、⑥の形を変更し、RとUの二乗U^2とが比例する項⑩♯を取り込んでみよう、そして、元の⑥のR_Wと⑩のR_Rを加えたR_Pの逆数⑪を新たに採用しよう、と。

♯　⑦〜⑩は、レイリーらの一派が後の一九〇五年に整理した筋道に添う表式であり、当然ながらプランクの例会講演では一言も触れられていない。ところが、半世紀近い歳月が流れた後の【プランク自伝】での当時の回想の段には「……長波長に至ればRはUの二乗に比例……」といった表現が見られる。更に【カングロー、二〇一ページ】によれば、同じ九九年一〇月の七日（つまり二週間前）にプランクは友人の実験家ルーベンスの非公開測定データから「長波長でUがTに比例する」こと（⑧に対応）を教えられた由。これは誠に貴重なヒントであった訳だ【クーン、二八二ページ】。なお、実験データの一つの表現として当時ひろく用いられた等色線（Isochromate、特定波長での温度とエネルギーとの関係をプロットするグラフ）もヒントを与えた筈だが、慣例的に対数目盛や（温度の）逆数の目盛が採用されることが多かったから、見抜きにくかったのかもしれない。ルーベンスらの波長五一μm（その年の実験のうち最も長い波長）における等色線（【天野1、六六ページ】に縮小引用されている）は、対数目盛でなく比例目盛で、長波長での観測値は直線によく乗っている（いま見れば！）。

ふたたび挿入表の数式群——プランクは積分を使って⑫へ進み⑬を得た（積分定数などが気掛かりの方は、筋道を反転して微分により⑫から⑪へと確かめて納得なさればよろしい）。さて、お気付きであろうか――⑬の形は、前にⅠで見た法律文の基礎式⑽の・の後の項と類形であり、そのとき予告した「分母のマイナス1」がここに姿を現わしている！

プランクのこの講演は、題目も「……一つの改良……」と控え目なものだったし、結びの言葉は「私の考えるこの新しい公式に、諸君の注意を喚起することを許されたい」と低姿勢であった。しかし、空洞放射の分光分布を正しく表わすプランク公式の原形は、外ならぬこの例会の場で、日の目を見たのである。

エネルギー量子 $h\nu$ の誕生

学会例会のすぐ次の日の朝ルーベンスはプランクを訪ね、昨日の例会が終わったあと夜まで彼自身の実験結果とプランクの新理論式とを細かく突き合わせてみたことを語り、そして例外なく満足すべき合致が認められたことを伝えた。

――「しかしながら」と、プランクは後に何度か述懐する――「仮に私の式が絶対的に正しい妥当性をもつとしても、運よく探り当てた法則という面だけから言えば単に形式的な意味をもつに過ぎないであろう。私は、それを提示した日から早速、この式に現実性ある物理的意義を与えようという課題を立てて解決に没頭した。そして、おのずから、エントロピーと確率との関係の考察に駆り立てられた」。

またしてもエントロピー！　四二歳のプランクの執念である。

だが、「考察」のキーワードが今度は、今度こそ、変わった。久しく「見え隠れ」していた「確率」、「可能性が限りなく低い」ものとしてよそよそしく扱われていた「ボルツマン流のアプローチ」が、ようやく公然とプランクの発言の中に姿を現わすのである。

無秩序性を規定するエントロピー、周波数に比例するエネルギー要素

同じ年の暮、同じドイツ物理学会の例会が開かれた。一二月一四日である。

二つの発表をしたプランクは、第二#のほうで、前置きののち、宣言する——

エントロピーは無秩序性を規定する。……一つの共鳴子のエントロピーは、多数の共鳴子へ同時にエネルギーを配分する仕方に規定される。この量は、ボルツマン氏が……明らかにした確率論的考察を取り入れることによって計算される……。

この後に示される数式の紹介はもう諦めることにしよう。筋書きは、P個のエネルギー要素(Energieelemente)をN個の共鳴子に配分する仕方##を組み合わせ論で求め、階乗をスターリング公式で大幅に簡略化し、平均エネルギーを算出する、というものである。答は、我々の挿入表の⑬に相当する形になる。その直前、我々にとって待望の定数hが登場し、数値(有効数字三桁)が示される(前出の定数値表を参照)。

プランクは、一〇月、一二月の例会報告を総括し、年明けに論文誌 *Annalen der Physik* に投

じた♯。そこには我々の⑮、⑯が明記され、ボルツマンの表看板と目されているエントロピー式 $S=k\log W$ がそっくり姿を現わす。「エネルギー要素 ε は周波数 ν に比例する、すなわち $\varepsilon=h\nu$」と書き添えられていることは、言う迄もない。

♯　【プランク論文邦訳】

♯♯　この「仕方」の計算は、アインシュタインの批判を受け、後にローレンツ（H.A.Lorentz）、エーレンフェスト（P.Ehrenfest）らによって整頓された。関連する事項が O. Darrigol の論文 Statistics and Combinatorics in Early Quantum Theory, *Historical Studies in the Physical and Biological Science*,19–1, 1988, p.17–80 に詳論されている。

二つの定数の誕生日

挿入表の点検はこれで最後とする予定だが、その冒頭の①の a、b をプランクは普遍的な定数と呼んでいた（一八九九年五月一八日、プロイセン科学アカデミーでの講演）。

挿入表を見終っている今の我々は、③、⑭〜⑯から

$$a=\frac{h}{k},\qquad b=h$$

と対応させることができる。確かに a、b は、基本的な定数の意味をもっていた訳だ。

その事実を目いっぱいに重視して「量子論の誕生日」は九九年五月一八日だと主張する人も出てきた（M・クライン）【ヘルマン】#。我々は学説の歴史的関連を味わっているのであって、家系図を確定しようと努力しているのではないから、誕生日をこまかく詮索し認知することに熱中しなくてもよいようだ。定数 *h* が、しっかりした物理的意味を担って堂々と世に出たのは、疑いもなく、学説系統図の⑮～⑯である。そしてボルツマンの *k* もここで史上はじめて数値を付与されたのだ。

ただし、プランクの「人と思想」を扱うべき本書の著者は、次の話【クーン、二八五ページ】には少なからぬ愛着を覚える――

プランクの次男エルウィン（Erwin Planck）いわく「父は語った――私が新しい自然定数を発見したことは、コペルニクスの偉業にも匹敵するのだよ、と」。

このとき父プランクの胸裏にあったのは、*h* か？――むしろ *k* だったのではないか？

異説も多い【カングロー、クーン】。ちなみに、両文献が何ページかを費やしているにも拘らず、定数 *k* の系統図の解明はまだ完結していないらしい。ボルツマンは *k* をあらわにつかったこともその値を出したこともない【Planck: *Th. d. Wärme*, 1930, S. 189; 高林】。

挿入表の数式群はいかがだったろうか。学者の論文は研究の段階ごとに発表されるものであるから、各論文の式の書き方や記号は必ずしも一貫していない。プランクの原論文は古典文献の中では割合に参照しやすい部類に属するけれども、仮にそれらを調べあげたとしても、記号の不同に悩まされることは間々ある。プランクの論著の場合、後の学者が記号その他を整理し注釈してくれた例はいくつかある♯が、それでもまだ判りにくいので、ここで新たに整頓してみた次第。①、⑥、⑪、⑮、⑯は、原論文のままの記号と形とを使い、その他は見通しやすい形に改めた——そこがミソの積もりなのであるが、もっとスマートなまとめ方がありそうだ。ご批評を得たい。

♯　【天野1、2】、【高林】、【西尾】、【ヘルマン】のほかに次の文献を参考にした。Ostwald's Klassiker-Nr. 206(1923), *Die Ableitung der Strahlungsgesetze von Max Planck*, Anmerkungen (F.Reiche)：高林「科学史研究」、一四号、一九五〇年、一～六ページ。

量子論で世紀が変わる

定数 h にかかわるプランクの活動のピークは、暦の上でも一九〇〇～一九〇一年と誠に「期を画する」趣を呈している。こうして量子論の世紀に突入してゆくのだが、学界での「受け」は芳しいものではなかった。「ボルツマン流は——少なくともドイツでは——歓迎されなかった」という解釈および「プランクの仕事の統計力学史上の位置づけについては別に詳しく論ぜられる必要がある」との意見【西尾】は、納得でき共感できるものである。

我々は、ここでも【ハイルブロン】の語り口を借りて結びとしよう——。

この量子化（quantization, Quantelung）は、在来のエネルギー概念すなわちプランクが研究してきた、そしてまた彼の老師♯が理論物理学の最後の価値ある発見と称したところのエネルギーの概念とは、相容れないものであった——その点は付言を要しないであろう。普通の、つまり古典的な物理では、エネルギーは連続的な量であり、普通の人びとがビールを飲むのと同様、好き勝手な分量で共鳴子に与えてやることができる。対照的に、アインシュタインがプランク理論を再解釈したところによれば、ジョッキで一気飲みばかりする鯨飲家たちと同様、共鳴子は一定量のエネルギーだけをもちうるのである。なぜ自然は、すすり飲み（sip, nippen）でなく一気飲み（guzzle, schlürfen）を好むのか、それが物理学者の主要な課題となった。

一九〇六年から〇八年までにプランクは、空洞放射に関して自分がやりとげた調停策が何かどぎつい新ブランドを物理学の世界に持ち出したのだなと、思い知らされることになった。そののちプランクは、定数hの解釈を進めるにあたり、共鳴子エネルギーに課せられた制限の発見に伴う物理学上のひずみを最小に留めるよう、腐心した。一九一〇年プランクは、追い込まれそして負け越し気味でさえある訴訟に肩入れする支援者（protector, Schützherr）のような口振りで、語っている——作用量子hの導入は、できる限り保守的に進めなければならない、言い換えれば修正は、絶対に必要であることが自明の場合に限ってなされるべきである♯♯と。

この保守主義は、彼の気質にいつも似合うものだったが、この時からのち、プランクがみずから立てた掟のもとでの一つの義務に成り変わった――「学者は、年を重ね権威を高めてゆくにつれて、新しい道に踏みいる際、それまでにも増して注意深く控え目に身を処さなければならない」。

♯　因縁浅からぬヨリー教授をさす。

♯♯　この口調は、【プランク輻射論】第二版（一九一二年）序文のそれに殆どそのまま持ち越される【天野1、八八ページ】。

量子論誕生の内と外
――ニーズとシーズ

量子論誕生談の理論的な面の紹介が意外に長引いたが、プランクの内面における苦心はもっぱら理論構成の側にあったのだから、長談議も止むを得ないところであった。

ここで少しばかり背伸びをして、量子論を生み出した社会およびそれを育てた学界の有様に、視線を向けておこう――視線の「配分」は、万遍なく「連続的に」ではなく、とびとびの「量子的な」仕方になるであろうが。

一九〇〇年の秋プランクがいちばん頼りにしたのは、ルーベンスの実験結果であった。学界の一〇月例会の二週前および当日の夜のルーベンスの親身な参与は、量子論の臨月における助産婦さんの役になぞらえられるべきであろう。オランダ家系のルーベンスは、電気工学から物理に転じた人だが、ベルリンで学位と教授資格を得、一八九六年ベルリン・シャルロッテンブルク工業高専の員外教授となり、同年から国立研の客員を兼ねた。

さて久し振りに国立研の話題へ戻った。このお役所が何故あれほどまで熱放射実験に力を入れたのか、それも一つの重要課題なのだが、科学史家たちの意見は合致していない。それを今日の問題に移せば、研究機関での「ニーズ」と「シーズ」の論に通ずることにもなる。つまり、社会が求めるニーズに添う研究と、学問がみずから育てようとするシーズの研究とを、どう並進させるか、その兼ね合いをどうするかといった議論である。

国立研の熱放射実験についての従来の所見をひとまとめに言えば、【カングロー、四一ページ】は、シーズ説すなわちヘルムホルツ、ウィーンらの学問的見識が動因（Anstoss）をなしたと主張し、【カーン、七ページ】はニーズ説すなわちドイツ照明産業の要請が動機（motivation）をなしたと主張する。

私の所見は既に述べた通りで、シカゴ会議などを契機とする「国家の威信のための研究推進」の要素を重視する（むろん、ニーズ説に属する）。品位に欠けた解釈のように響くだろうが、同様な発言は大型加速器・核融合などのビッグ・サイエンス・プロジェクト、海洋開発・宇宙開発などのビッグ・テクノロジー・プロジェクトのアピールの中で、付きもののように繰り返されるではないか。

これ以上の強弁はしないけれども、補いとして三点、感想をさしはさみたい。

(1)　国立研の老所長ヘルムホルツがシカゴ会議から帰る船で怪我をしたことは、所員の気持になにがしかの影響を与えたのではあるまいか（ややナニワ節的だが）。

(2)　測光だけが問題なら可視波長域の実験で足りる訳で、赤外域、しかも残留線を使う難しい範囲まで拡張する必要はない（と、官僚的リーダーなら言う筈）。そこはやはり「熱の経済」（少ない熱消費で、沢山の光を出し大量の鉄鋼を生産する）というニーズがからんでいたからだと見なければなるまい。

(3)　油燃料や白金片の基準光源は、無闇に細かい仕様（specification）を必要とし、使用条件が余りにも煩瑣だったから、物理工学研究所としては、単純な法則性に立脚する（例えば、温度だけを指定すればよい）基準光源を確立したかった。

ニーズ・シーズ論はこれで閉じ、現場を見直しておこう――ウィーンが去りプランク理論が提示された後、十年ほどの間にクルルバウム（F. Kurlbaum）は電気部門へ、ルンマーとプリングスハイムはブレスラウ大学へ、ルーベンスはベルリン大学へと、相次いで移籍した。東欧圏出身者の多かった放射研究室は、陣容を新たにして放射能計測などの仕事を切り開いてゆく。

Allen gemeinsam ist die aus Wiens allgemeiner Theorie folgende Beziehung (siehe § 74, (4)).

$$J\lambda^5 = \varphi(\lambda T).$$

Nur die Function $\varphi(\lambda T)$ unterscheidet sich in den verschiedenen Strahlungsgleichungen. Es ist:

nach **Wien**	$\varphi(\lambda T) = C_1 e^{-\frac{C_2}{\lambda T}}$	$C_2 = 5\lambda mT$
„ **Thiesen**	$\varphi(\lambda T) = C_1 \sqrt{\lambda T} e^{-\frac{C_2}{\lambda T}}$	$C_2 = 4.5\lambda mT$
„ **Rayleigh**	$\varphi(\lambda T) = C_1 \lambda T e^{-\frac{C_2}{\lambda T}}$	$C_2 = 4\lambda mT$
„ **Lummer u. Jahnke**	$\varphi(\lambda T) = C_1 (\lambda T)^{5-\mu} e^{-\frac{C_2}{(\lambda T)^\nu}}$	$C_2 = \frac{\mu}{\nu}(\lambda mT)^\nu$
„ **Planck**	$\varphi(\lambda T) = \frac{C_1}{e^{\frac{C_2}{\lambda T}} - 1}$	$C_2 = 4.965\lambda mT$

Die Formel von Lummer und Jahnke ist die einzige, welche rein empirisch aufgestellt ist. Da sie in μ und ν in gewissem Sinne zwei Constanten mehr besitzt, als die übrigen Formeln, will ihr guter Anschluss viel weniger besagen, als bei den anderen Gleichungen. Durch passende Wahl der Werthe μ und ν lässt sie sich in jeden der anderen Ausdrücke überführen; Lummer und Jahnke nehmen $\mu = 4$, $\nu = 1.3$ an.

Um eine ungefähre Vorstellung von dem Verlauf der Emission zu geben, diene Fig. 15, welche ein Stück der Energiecurven bei einigen Temperaturen nach den Beobachtungen von Lummer und Pringsheim enthält.

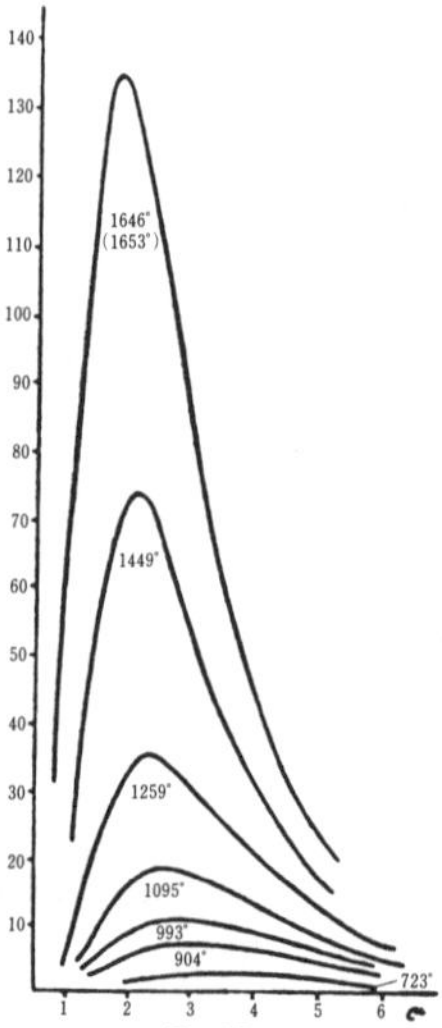

Fig. 15.

図8　熱放射公式一覧（H. Kayser: *Handbuch der Spectroscopie*, 1902）

注　1）　最も高い温度の値が２通り示されているのは，温度計測の補外法が２通り用いられたことによる。２）　２番目の温度が【天野１，p.59】で1460°とあるのは誤植。

一方、プランクが進めた理論研究の筋道を局外者の眼で見ると、第一に、上手にまとまって結構でしたねと言いたくなる。我々がたどったように、一時期の彼はウィーンの法則をまるごと信頼し、それがダメなら熱力学がひっくり返るとまで思い詰めていた。そうした状況が続いている中でプランクの熱放射理論研究が進行したと仮定すれば、成果は『熱力学講義』の一章追加ぐらいで終わってしまい、定数hだの量子仮説だのノーベル賞だのという事態は発生しなかったと思わざるをえない。その状況を覆したのは外でもない実験結果であった。理学発展の様相はまちまちだが、このケースでは実験がものを言った。

実験と理論

では実験家がいればそれで足りたか? 答えはやはりnoであろう。当時の実験者はいくつもの実験式を提供した【天野1ほか、さかのぼればカイザー(H.Kayser)の *Handbuch der Spectroscopie*, 1902 等】。実験値をよく表わす式はあった。しかしどれも複雑で、そこから基礎定数hという珠玉をすくい上げるのはまず不可能だっただろう。我々が挿入表でたどったような筋道を切り開くには理論家の参画が不可欠だった。そしてエントロピーとエネルギーの関係を追いしかも二次微分まで迂回した上で正しいゴールに到達したのは、熱力学とくに第二法則に執念を投入してきたプランクならではの腕の冴えだった。

大学の理論家と国立研の実験家との緊密な提携を可能にした「ベルリンの地の利」ということを前に述べたが、この「利」は科学史上ごく稀な味わい深いものだったと言える。

話は現代に飛ぶが、ジョセフソン（B. D. Josephson, 江崎玲於奈らと連名で一九七三年ノーベル賞）が発見した現象では定数比 e/h が、クリツィング（K.v.Kritzing, 八五年ノーベル賞）が解明した量子ホール効果では定数比 e^2/h が、重要な意味をもつ。基礎定数をめぐるこの種の研究で理論と実験の提携が必要だという事情は、プランク時代も今も変わりはない筈なのだが、二一世紀を間近かにした昨今、両者の分業（もしかすると乖離《かいり》？）はいささか度を過ごしていると言わなければなるまい。

理論の枠の中での矛盾

歴史に立ち返って――プランクは、一九〇五～六年のベルリン大学冬学期での講義をまとめ、【プランク輻射論】を刊行した。学界の反響は依然として鈍かった#。

もっとも、伝えられるところ【ハイルブロン、カーン - 一五四ページ】によれば、一九〇七～〇八年のノーベル賞委員会はプランク放射法則の「実用的価値」を評価した由。高温度の熱力学目盛の決定への応用のみならず、産業計測用の「光高温計」の発明（ホルボルン - クルルバウム、一九〇一年）などが、この評価の裏付けになったのであろう。しかし「エネルギーの原子的構造」の着想を理解する人は同委員会にはおらず、賞はずっと遅れた。いっぽう、実用性はともかくとして、プランク理論そのものの内部矛盾#や「非」前衛性#を話題にする人が徐々に数を増した。

＃　【天野2、五六ページ】その他。方法論上の問題は、簡潔に言えば次の通り――「プランクが彼の輻射公式を導いた方法は、決して首尾一貫した方法というわけにはいかない。つまり、量子仮説とともに、それとうまく適合する力学の法則や電磁気学の法則を建設することが必要になってくる。しかしそれは容易なことではなかった（富山小太郎『現代物理学の論理』一九五六年、九八ページ）」。

そして、二〇世紀の進行と共に、熱放射に限らず、定数hに関わるさまざまな物理現象（本書のⅠで列挙した光電効果、原子スペクトルその他）が、次々と新しい学理＃のもとに再解釈され、物理学全体の体系の中のしかるべき場所に位置付けられ、同時に、予想外の応用面をもつようになってゆく。

＃　それらのうち最もブリリアントなのがアインシュタインの光量子論（一九〇五年以後）である。同じく熱放射を扱っていながら、プランクとアインシュタインとの間には方法論上あるいは発見法上の決定的な差があった。例えば、放射の「ゆらぎ」といった観念は、アインシュタインにおいてはすぐれた発見法的着眼となりえたのに、プランクにとっては長らく（一九一三年ごろまで）与しにくいものであった。

ぜひとも注意を払っていただきたいが、我々が挿入表の⑥、⑩、⑪、で見たR――プランクの理論展開のキーポイントをなしたR――は、外でもない「ゆらぎ」を表わすものだったのである。

プランク熱放射論の「それから」——（一九一〇〜一九一一年）

プランクの熱放射理論は、その後もプランク自身によって（曲折を伴いながら）展開され、その途中経過のある局面は後に不適切と判定されて顧みられなくなり、また別な局面は一部の科学史家によって折衷的、後退的であると評価されたりした。

その後の理論展開史の詳説は敬遠したいが、プランクの閲歴の中で一点だけ触れておきたいことがある。【プランク輻射論】第二版での内容改定に関する事柄である。第二版への批評（筆名G・H・B・）が英国の科学雑誌 *Nature*, 一九一三年、一〇月三〇日号の二六一ページに出ている。その頃の様子を知るための一助に、抄訳しておく。

初版への評は本誌一九〇六年一〇月一一日号付録に出た。放射現象に関してその後の七年間に多種多様な知見が発表されたので、本書をかなりまでリライトし修正することがプランク博士にとって必要となり、その結果いくつもの新規な特徴が見られるようになった。本書の目標は、気体運動論に適用されてきた統計手法を放射現象にも当てはめようとする所にあり、確率と結び付けたエントロピー解釈についてのボルツマンの見地を存分に利用する点は前と同様だが、今度の扱いでは、著者が「量子仮説」と呼ぶ所の注目すべき仮定が論拠として幅ひろく利用されている。

考えている要素的な電気振動子に対してここで仮定されている性質は、それを水溜めになぞらえればおそらく最もよく説明できるだろう。この水溜めは、水位が一定レベルに達するとひっくり返って自分で空っぽになり、次いで始めの姿勢に戻るように作られている。言い換えれば、吸収は連続的に起こるが、発散は、振動子のエネルギーがある離散的な値の一つまたはどれかに達した時にのみ起きるのである。この「量子仮説」は、著者が指摘するとおり、電子論すなわち電子に電気の「素量」を割り付ける理論とアナロジーをなす。それは、ネルンストの観測した現象#を説明するし、さまざまな放射はどれもある特定の温度に対応するという見解とも調和するので、現今の物理研究の大切な要素となり始めている。

注意する必要は殆どあるまいが、量子仮説は非可逆性の問題を引きずっている。気体運動論の一難点、すなわち、可逆な運動方程式に従う要素から成る体系に統計的方法をあてはめても、別な仮定（故バーバリー氏##の「仮説A」）を設けない限り非可逆現象の説明は失敗に帰するという難点は、量子仮説によって克服される。見て取れるように、今度の方法は、放射現象のいわゆる「力学的な証明（dynamical proof）」を与えるものではない。プランク博士は序文で言明している――一般に、新しい原理は、古い法則のもとに機能するモデルでは表わされない、と。

このような射程の長い帰結を宿している理論が英国協会の最近の集会で関心を集めたのは当然の成り行きであったが、あたかもオリバー＝ロッジ卿が議長の座に就き、放射論に熱烈な興味を抱く多数の物理学者を会合に誘引したのは、いかにも時宜を得ていた。それは別記されるであろうから、ここでは詳報しない。近時の放射論とりわけプランク博士の量子仮説に言及した一般向けの論評は、ゲッチンゲンのマックス＝ボルン博士によってなされている（*Naturwissenschaften*, 21, 5月29日, p.499)。

＃　ネルンストの熱定理（熱力学の第三法則）、一九〇六年。

＃＃　Samuel Hawksley Burbury（一八三一～一九〇一年）。統計物理学に一家言をもつ学者であった。彼のいう「仮説（または条件）A」とは、「衝突する分子たちの相対速度Rの衝突前の任意の向きに対応して、衝突後のすべての向きも同様に起こりうる（equally probable である）」とするもの【クーンによる】。

出版されたばかりの第二版（もちろんドイツ語）をイギリス人が批評するのは、骨の折れる仕事だったかに察せられるが、この記事の前段の紹介的な部分は新版の特徴を要領よく捉えていると言えよう（「量子仮説」の強調＃、放射の吸収は連続的で発散は不連続的とする扱い方、電子論への言及など）。しかし、非可逆性の件は、よく理解されていない感じである。各地の学者の動きの紹介は面白い【英国の事は天野2、六〇ページ】。

＃　第一版では、定数hを導いた直後に、要素的作用量あるいは作用要素の名を付与するに留まっていた。

「それから」の科学史的研究

さてここに抄録した書評は、第二版への科学史的な意味付けをする意図を全くもっていない。新刊書紹介欄にそれを期待するのは、一般に無理なことであろう。

ところが後年、科学史家の間で、この第二版をめぐるさまざまな議論が提示されることになる。一括すれば、プランクのこの修正（いわゆる第二理論）は、一歩後退【天野1】あるいは折衷論【天野2】、古典論への同化（assimilation）【カングローDSB】といった評価を受けていたのであるが、【ヤンマー】は第二理論の背景と帰結を分析して、「古典電磁気学への、より緊密な一致」という意味の後退性のほかに「ゼロ点エネルギー概念の導入」、「放出の確率的性格の考察」という意味での前進性に注視した。

それと前後して広重徹・西尾成子は、原子構造論史研究の途上、「プランク第二理論がボーア原子論形成に少なからず影響を与えた」という重要な指摘をした【西尾】（原論文は西尾編『原子構造論史』、一九八一年、みすず書房に収録されている）。

続いて【クーン】は、プランク原典に密着した考察から、第二理論にいっそう積極的な意味を付与した。着目点は「ゼロ点エネルギー」ひいては「比熱問題」その他の物理学・化学への影響、

「原子・分子スペクトル問題」ひいてはボーア原子論（定常状態論とスペクトル放出論）への寄与などである。クーンは、この第二理論の中に、歴史的事象としての「量子的な不連続性（quantum discontinuity）」の生起を見て取っている。

関連して、プランクが「共鳴子」の語を排除し専ら「振動子」という一般性の高い語で論ずるようになったのも、また「エネルギー要素」の語でなく「エネルギー量子」の語を優先して使うようになったのも、共に第二理論においてであったことをクーンは強調する（【クーン新版に収録された論文 Revisting Planck】でもその点が繰り返されている）。

なお、クーンは広重・西尾論文に寄せて、自分とかつての共著者（クライン）とが原典の読み落としをしたことを率直に認めている【クーン、三二〇ページ】。更に注記すればプランク第二理論ではゼロ点エネルギーが取り込まれるので、我々が活用した《挿入表》も部分的に修正されなければならないのだが、やや煩瑣なので第二挿入表は見合わせる。

最後に【ニーデル】はプランク第二理論での「平均」の取り方に注目し、ボルツマン流への徹底した改宗、そして一九一四年以後のプランクにおける「可逆性の統計的解釈」の確立に論及して、示唆的である。

第二理論は、当時ごく少数の支持者をもちながら、プランク自身がそれを不満として第三理論に走るといった状況もあって、物理学書からは消えた。しかし科学史家にとってそれは、奥行の深い課題となった。現場での科学研究と科学史としての研究との対比という意味で考えさせられる所の多い事例の一つと信じ、舌足らずながら紹介を試みた次第。

【クーン】も触れているが、第二理論がボーア原子論のみでなくアインシュタインの遷移確率の発想にも通じているであろうことなどは、科学史家の意欲をかきたててやまない着眼点となるに相違ない。

Ⅲ　人間マックス＝プランク

少年マックス

学者・聖職者の家系に生まれヴィルヘルム帝治下のプロイセンおよび統一ドイツで育ったプランクの少年期の姿は、後に収集された関係者（従妹エンマちゃん＃他）の書簡【ハイルブロン】の中からほのぼのとよみがえってくる。バルト地方へ出かけた夏休み――クロケット、射撃、ミュージカル、夜の読書（スコットの小説など）、友人たちと二週間かけて寄せ書きした分厚な感想文集。オーストリア・イタリアへの旅行――マリー（後に結婚する相手）との交際。東プロイセンでの狩猟――ウィーンとの出会い。

どの話も、H・ヘッセやH・カロッサの教養小説（Bildungsroman）に描かれた少年たちをありありと想起させる。そのような教養（Bildung）への多面的な刺激を家庭や学校がつくり出すという伝統は、今のドイツでは失われてしまった【カングロー DSB】。

＃ 後のM・レンツ（歴史学者）夫人。レンツは学生時代にプランクの自然科学者（Naturforscher）志望を冷やかして自然林監督官（Naturförster）と呼んだ。自然科学よりも人文学のほうが優勢な時代だったのだ。

ギムナージウム時代のプランクは将来の志望を定めかねていた。数学、歴史、音楽、古典語学のどれにも興味があった。ある日プロの音楽家に助言を求めた――答は単純だった――「身の上相談が必要という程度のことなら音楽なんか止め給え」【カングロー DSB】。

物理への志——師匠を観る眼　物理への志が決まってからも、プランクは敢えて新規性を追い求めず、「内面の要求に従って地道に仕事をする」ことをモットーとした【ハイルブロン】。我々が前章で見た彼の事跡は、まさしくこのモットーに忠実なものであった。

しかし、それとは別に私は、彼の仕事ぶりに一貫する傾向を感ずる——師や先輩の仕事ぶりをよく見て、継げるものは継ぎ、不満なものは自分流に改めて行く、という傾向である。老師ヨリーへの態度（既述）もそうだし、ヘルムホルツの講義は準備不足だと思えば自分は充分な下調べをしてから教室に臨む、キルヒホッフの講義は無味乾燥だと気付けば自分の講話には味付けを惜しまない、等々。

プランクのこの傾向が、認識論でのマッハらへの接近そして離反、また、物理研究方法論でのボルツマンへの距離設定そして改宗という閲歴にも現われているのではないか。

プランクとボルツマン——その二　話は前章末尾のところへ繋がるのだが、プランクが一九〇一年のあの論文をボルツマンに送ったとき、ボルツマンは彼の関心と原則的な（エネルギー要素の件には保留を付けての）賛成をプランクに伝えた【天野1、八二ページ】。そして天野は強調する——

単なる思想の架空でない自然常数が熱輻射の実験を通じて啓示されて以来プランクは

Realisms の旗幟鮮明な擁護者となった。

我々が前に参照したブラッシュの思潮分析を借りれば、ここでプランクはまぎれもなくリアリズムの徒に組み入れられたのだ。天野のこの断定は、天野自身がリアリズムの人であったことの証明でもある。

またプランクはボルツマンの業績を讃えて「理論物理学の最も美しい収穫の一つ」と友人ウィーン宛ての手紙（一九〇九年）に書いた【ハイルブロン】。

そのボルツマンは、一九〇六年の夏、避暑先で自殺した。躁鬱症のためとも言われ研究の行き詰まりのためとも言われる。そして、この出来事から一八か月目の一九〇八年暮、プランクは招かれてライデンで講演をする。世に知られた「強烈なマッハ批判」である。異常とさえ見えるこの攻撃についても憶測は絶えないが、マッハに造詣の深いブラックモア（J. Blackmore）は、学者の内面に切り込んだ深刻な推量を提示した【クーン、二七八ページに引用】――プランクは、スケイプゴートを必要としたのだ、と。つまりマッハを葬り去ってそれをボルツマンの霊前に捧げたかったのだ、ということであろう。

クーンもこの推量に加担し、【プランク自伝】は他の点で率直な表白と認められるものの、ボルツマンに負うところのものが如何に大であったかを力説するくだりでのプランクの筆法は演出過剰で要注意だとし、プランクの生涯を通じての屈曲した負い目の念に鋭いまなざしを向けている。

プランクの激しい攻撃は、さかのぼって一八九六年、オストワルトにも向けられた。論拠は、教育者として後進に忠告する義務があるというところに置かれていた。同じ論拠が後のマッハ批判にも採用されていることに注意しつつ、【ハイルブロン】は、〇八年のプランクの身辺の事情――夫人の病い、ノーベル賞の誤伝、のみならず「彼の量子論が物理学にもち来たらしたトラブル」――への同情を示し、ドイツ国外最初の意見表明の場であるライデンでのプランクの「尋常でない攻撃調」の背景への解釈を与えた。

さて、これらの論争を通じてプランクは何を学んだか？

「新しい科学的真理は、その敵対者を納得させることによってではなく、むしろ彼らが結局は死んでいき、新しい理論になれた世代が成長してくることによって勝利するのだ」【プランク自伝】、【高林】。

高林はこれを「苦い哲学」と呼び、（天野に倣ってか）「変位則」と命名した。

ロマン派音楽愛好家プランク　話は飛ぶが、ベルリン大学着任直後プランクは、風変わりな仕事に携わった。プロイセン政府の下命で製作された純正律ハルモニウムという楽器が大学に委託され、クント教授の許可のもとに物理研究所に設置されており、プランクがその点検をすることになったのだ。アイスレーベン［M・ルッターの生地］の小学校教師C・アイツが考案しシュトゥットガルトのピアノ製造社シードマイエルが組み立てた楽器である。

プランクは熱心に仕事をし、論文さえ書いた（*Abhandlungen u. Vorträge*,I, S. 435）。器楽伴奏を伴わない［ア・カペラの］声楽曲では純正律が独自な役割を果たすということに関心があったからだ。結果として、我々の耳はどんな場合にも純正律より平均律を好ましく感ずる事が分かった。プランクは言う――「三和音の中の三度音程を純正律で聞くと平均律のそれよりも鈍く無表情に感じられる。これは、長い歳月と世代に亙る「慣れ」に帰する。J・S・バッハ以前、平均律は知られていなかったのだから」【プランク自伝】。

アイツ考案のこの楽器について田中正平は『国民大百科事典』（冨山房、一九三六年）で説明している（『日本科学技術史大系』、第一三巻、第一法規出版、一九六九年所収）が、「転調の頻繁な曲では［操作が］面倒で、複雑な曲は到底演じ切れぬ……」ので、田中はベルリン時代その点を改良した。しかしプランクは論文の終段で「機能は満足でき、多少の練習をすれば、演奏はけっこう快適だ」と書いた。

いっぽう長岡半太郎が回想したところによると、「［プランク］先生は音楽を好まれ、特に純正調につき啓発するところありしゆえ田中正平博士と親交あり、特に先生の考案せるピアノがあるそうだが、他人はこれを弾くことができぬと噂されていた。自分は音楽に趣味が少いから、遂に窺う閑はなかった」由【長岡伝】。

長岡は、文献紹介や講演などでも音響学に殆ど触れず、田中の研究については日本人が異国で輝かしい業績を上げたことを喜びながらも、「耳のない」自分は perfectly deaf［まるで音痴］と自嘲した。対照的にプランクは理論物理学教科書の音響の節で音階のことを詳しく説いた。鍵盤に指を伸べているプランクの写真が伝記書にしばしば掲載されるが、桑木『アインスタイン伝』（一九三四年、復刻もある）のは普通のグランドピアノ、江上『宗教と自然科学』（四一年）のは特別なオルガンのようである。

マイスナー（W. Meissner）は、プランクの音楽愛好ぶりを、いっそう臨場感ある筆致で綴った（*Science*, 1951 年, 高木修二訳「自然」、一九五一年一〇月、七一ページ）。

プランクは：学生時代にはミュンヘンの芸術家サークルと接触し：パウル・ハイゼ等とよく同席した。演劇家と関係し：オペレッタさえ書いた。大学のアカデミー合唱団で副指揮者をつとめ、教会でオルガンを弾いた。ベルリンで学生時代に規則的にピアノを習ったので、全生涯を通じピアノを弾いて日々の楽しみと休養をとった。彼は和声と対位法をラインベルガーに学んだ。：ヘルムホルツ家の社交会にしばしば出席し：ヨアヒムがブラームスの新版のハンガリア舞曲を自分で編曲して演奏するのや、マリアンヌ・ブランド：が「ヴォータンの告別」を歌うのを聴きながら過した。：ヘルムホルツの没後はグリューネワルドの自宅で：音楽をつづけ：毎日一時間は演奏した。指の三本が硬くなってからも毎日ピアノの前でひと時を過した：。

クーンもプランクの音楽好きに触れており、プランクの学風と結び付けた議論を提示している――プランクの論述に音響現象へのアナロジーがしばしば見られるが、若年期にはそれが原子論嫌悪として現われ、熱輻射理論研究の初期にはそれが「音響」共鳴子の集団の非可逆過程の議論（九五年、九七年）に現われた（しかしそれ以後には現われなくなった）等々。例のハルモニウムの件に寄せてクーンは、「共鳴」ということがプランクの心にずっと引っ掛かっていたのだろうと注記している【クーン】。

【ハイルブロン】は、書簡や証言を総合して、プランクの音楽愛好ぶりを更に詳しく叙述した。マイスナー回想と重複しない点だけ拾うと――

彼が作曲した歌曲やオペレッタ一篇は教授たちの私邸の夕べの集いで演奏された。大学のチャペルではオルガンを弾き、オーケストラを指揮した。自邸での催しではいろいろな役を引き受け、アインシュタインらとトリオを組んだりした。友だち、近所の子供たち、彼の音楽性を受けた双子の娘の合唱を指揮した。戦前この混声（混成？）合唱団は一週おきに集まった。当時プランクは完璧な聴感をもっていたので、コンサートでは不満を感ずることが多かった――ましてや、隣近所の子供らの歌！　しかし年と共に絶対音感は失せ、楽しみは増した――それはちょうど、政治や熱力学に対する彼の絶対主義が徐々に変貌をなしとげたのとの軌道を同じくしていた。……彼の演奏は気分転換のためだけのものでなく、精神に気ままさを与えてくれる唯一の世界を成していた。レパートリーにはあらゆる大作曲家の作が含まれていたが、バッハよりはシューベルト、ブラームスを好み、シューマンを賛美した。バッハの作ではマタイ受難曲のパセチックな部分だけを評価した。こうした選り好みは、彼の控え目な外貌の下に潜められたロマンティシズムを暴き出す。彼のロマンティシズムは、人間性を超越した世界像への模索、伝統と母国への深い感情と一体をなしている。

ハイルブロンが集めた証拠の多さには脱帽し、プランクの内なるロマンティシズムをさぐり当てたことには賛意を表するが、世界像まで引っ張り出すのはどんなものか？　選んだ専攻分野とそうでない分野とでは取り組み方が違う♯、と解するほうが自然であろう。

♯　学問上のロマンティストと称せられるアインシュタインがバッハなどのバロック音楽を好んだという事実と並べて考えれば、みごとな対称性が認められる。

しかし「精神に気ままさを与えてくれる世界」をもちえたのは、プランクにとって幸福なことであった。「音痴」を自認した長岡も孫娘のピアノ・デビューには付き合って「大いに褒めて励ましてや」ったのだし、漢籍・撃剣・揮毫といった物理以外の世界との接触面をもってはいたのだが、「気ままさを与えてくれる世界」にまでそれを育てようとはしなかったようだ。学者のキャラクターということを考えるための一素材と言えようか。

大学に鍵盤楽器がなぜ設置されていたのか、それは判らないが、ヘルムホルツの音響学研究と関係があったのだろう。桑木『アインスタイン伝』には「ベルリン大学物理学教室に蔵する、ヘルムホルツの考案になった、鍵数の非常に多いハルモニウムを［プランクが］弾きこなす」とある。プランク論文によれば「一オクターブの中に鍵盤が五十二個あって一〇八種の音を出すことができる」由。

大学の話から離れるが、私が国立物理工学研究所のベルリン分室（シャルロッテンブルク所在、同所の創立期以来の建物に増築を加えた施設）に在籍した時期、休憩時に研究員が屋根裏部屋のピアノを演奏しているのを再三みた。仲間に由来を尋ねたが「プロフェッソル・ヘルムホルツの遺品ということになってるらしいよ、なにしろ彼は Musikalisch-Technische Reichsanstalt［国立音楽技巧研究所］を建てた初代所長だからね」といったベルリン風ジョーク（Berliner Witz）が返ってくるばかりで、それが「備品」なのかどうか、真相はついぞ判らなかった。

アルピニスト・プランク　音楽と並ぶプランク生涯のホビーは登山だった。ウィーン大学から誘いがかかった時、音楽とチロル山行の両面で大いに心を動かされた（しかし結局はベルリンに引き留められた）。次男エルウィンと共に山中でくつろぐ老いたプランクの写真が残されている【ハイルブロン】。傍らに杖が見える。七二歳でユングフラウを、八五歳になってさえ四千メートル級の山を、踏破した——登山においても彼は「あせらず、休まず（ohne Hast, ohne Rast)」を地で行く人だったのだろう。

長男カルルは第一次大戦で負傷し死亡したが、仲間と共著の山岳案内（一九二〇年刊）を残した【カングロー DSB】。

直弟子は少な目に、女子学生には門を開いて

ギムナージウムの生徒だった時、たまたま数学の教師の代理を勤めたプランクは、「教える」こと、特に初学者をリードすることに大きな愉悦を覚えた。この経験は、のちのちの理科教育改革への発言などの出発点となった【ハイルブロン】。ところが、長い一生の大半を大学人として過ごしたにも関わらず、プランクは直弟子をさほど多くはもたず♯、いわゆる学派を作らなかった。もちろん直弟子の中にはアブラハム（M. Abraham）、ラウエ（M. v. Laue）、マイスナー、ショットキー（W. Schottky）、ボーテ（W. Bothe）のようなすぐれた学者が含まれるけれども、師匠プランクは、研究テーマを示した後は殆ど面倒をみず、独力で論文を完成させた。

♯ 記録はまちまちだが、学位論文指導を受けたのは延べ二〇人前後でしかない。ラウエとボーテはノーベル賞を受けた。異色は哲学のシュリック（M. Schlick）。

プランクがウィーン大学からの誘いに心を動かした理由は、音楽・登山のほかに実はもう一つあった。ボルツマン門下の女性科学者リーゼ＝マイトナーの存在である。プランクは、ベルリンに留まることになった後、彼女を招いて化学研究所に就職させ、一九一二年から自分の助手に採用する。マイトナーの核分裂研究は、社会への影響の故もあって広く知られるようになるが、ユダヤ系の彼女はやがてナチスの迫害に苦しめられ、亡命を余儀なくされる。

婦人問題といえば、一八九七年プランクは、著名な大学人あての質問に答えて、女性が大学で学ぶ権利は一般論として拒否されるべきでないことを認めていた。そして「大学の秩序と両立しうる限りにおいて」みずからそれを「実験」し、何人かの女性が彼の講義に出席することを――取消しもありうるとの条件のもとに――許した。【ハイルブロン】によれば、これは、先年イプセンが作品『人形の家』で描いた女性ノラの男性社会への拘束の様がプランクの正義感を触発したからであるという。

二〇世紀に入って、婦人の学習を認容する大学人が増した。プランクがベルリン大学総長をつとめた一九一三～一四年、ドイツの大学に女子学生が占める割合は六パーセント程度に達した。

編集者プランク　後に引用する追悼文が示すとおり、プランクは、ウィーンが「あらゆる種類の名誉や信用」を意味する地位に就いたと、敬意をこめて述べているが、実は、いっそう多くの種類の、そして、いっそう高い名誉を伴う地位がプランクの後半生を占有することになる。

既に一八九五年、プランクはベルリン物理学会（九八年にドイツ物理学会と改称）の代表者になっていた。この学会が刊行する有力な学術雑誌 *Annalen der Physik und Chemie*［物理・化学年報］も、物理学専門誌にふさわしく *Annalen der Physik*［物理学年報］と改名（実は初期の名称に復帰）される。プランクは、その編集責任者の地位に就いた。この仕事においてもプランクは友人ウィーン（当時、南独ヴュルツブルク大学の教授）の協力を要請し、ひんぱんに連絡状を書いた（往復書簡のうち、プランクからウィーンへのものは、収集保管されている）。

編集者プランクの働きぶりは、パイエンソン（L. Pyenson）の著書♯に詳しく述べられている。プランクはもちろん公正な編集者で、誌上での無益な論争を避けることに努めたけれども、ウィーンへの連絡状には、投稿への評価が直截に書かれていたらしい。

♯ 板垣ほか訳『若きアインシュタイン』、一九八八年、共立出版、二四九ページ～。

あたかもアインシュタイン以来の相対論に関連する投稿が大変に多い時期だったが、プランクの基準は「すべての物理学的問題は美的見地によってではなく、実験によって決定される」というところにあったから、数学的に「てらう」解釈は彼にとって「ほとんど我慢できない」ものだった。「正しいが、新しいことを何も含んでいない」といった理由で掲載を拒否した例は、決して少なくないようだ。日本の石原純の場合、電気力学での最小作用原理を論じた原稿は受理された（*Ann. Phys.*, 1913）が、電磁的重力論のほうについては、「擬方向ベクトルといった量の導入に欠陥があるからこのままでは公表できない」との決定がなされた（石原はそれを別の雑誌 *Physikalische Zeitschrift* に送り、発表の機会を得た）。

プランクのこうした態度は、厳格な門衛にたとえられる。しかし、見込があると考えた投稿に対しては、激励を惜しまなかった。フランク（Ph. Frank）が相対論でのローレンツ変換をガリレイ変換に還元できることを論じた時にプランクが好意的だったのは、その一例に挙げられる。

プランクの次の要職は、一九一二年からのプロイセン科学アカデミー数学・物理学部門の常任幹事。ドイツ科学界への影響力が最も強い地位の一つと言われるこの幹事職の選挙に際し、二〇票の中の一九票がプランクに投ぜられた。残り一票はネルンストを可とするもの（自身の投票か？【ハイルブロン】）であった。ちなみに、同アカデミーの哲学・歴史学部門の常任幹事（一八九五〜一九二〇年）は古代科学技術史の大家ディールス（H. Diels）であった。

新しい幹事プランクは、アインシュタインをアカデミー会員に加える運動をリードして成功を納めるなど、順調なスタートを切った。アカデミー幹事は、集会・企画・財務などをもち回りで受けもつが、刊行物担当幹事はとりわけ多忙だった（原稿到着の二日後にゲラ刷り、その一週後に別刷りができる！）。プランクは、タイプライターも使わずに、遅滞なくビジネスを処理した。

手空きの時間には、豪華なチェアーのある部屋で、学問を語り政治を語った。

プランクは、いつもクールで理性的だった。しかし話題は、おのずからキナ臭くなってくる。

――第一次大戦の前夜であった。

学界のスポークスマン

戦時体制に巻き込まれたとき、プランクは大学総長であり、兵役年令の二児の父であった。祖国愛の故にプランクは、あるアピールに署名した。それは、文化人らの名を借りてドイツ軍の暴挙を認容する底意をもつ文書であった。プランクをはじめ、多くの学者・芸術家が、案文を読む前に、伝えられる同意予定者の知名度に釣られて、署名してしまったのである。プランクは、すぐにそれを悔いた。

しかし、ドイツ民族統一のためにこの苦境を乗り切るべきだとする信念が彼を支え、公人としての節度ある態度を貫かせることになる――より素朴な国粋主義者だった親友ウィーンは、イギリス学界に対する強硬な絶縁状を用意してゾンマーフェルト、シュタルクほか一六人の物理学者の同意と署名を取り付けたが、プランクはウィーンの誘いに応ぜず、むしろオランダのローレンツに接近して穏健な策を求めた。

ローレンツ宛の公開書簡が慎重に作成され#、そのコピーが諸国の学者に送られた。内外の反応は複雑だったけれども、保守改革路線が徐々に力を得て、一九一八年の秋、カイザーは退位し戦火は熄《や》んだ。

こうしてプランクは、いつからともなく、政治・外交の場に身を置くこととなった。それを評して「ドイツ科学のスポンサー」と呼ぶのが【ハイルブロン】英語版の「副」題 *Max Planck as Spokesman of German Science* の趣旨である。

そして当然ながら、政治・外交の場での彼は、「廉直」であればあるだけに、いくたの「ディレンマ」と対決しなければならなかった。その事実が、【ハイルブロン】の「主」題「ある廉直の士のディレンマ」*The Dilemmas*（複数形！）*of an Upright Man* の中に含意されている♯♯。

♯　文案推敲の跡が【ハイルブロン】に示されている。

♯♯　【ハイルブロン】ドイツ版の題は、単に *Max Planck Ein Leben für die Wissenschaft*, すなわち「マックス＝プランク　科学のための一生」の意。

家長プランク

プランクの最初の夫人マリーが大戦を経験することなく病没したあと、残された父プランクと四人の子供の上に、悲惨な出来事が相次いで到来した。大戦時に息子ふたりは戦線へ送られ、双子の娘は赤十字で働いた。次男エルウィンはフランスで捕らえられ、長く虜囚の悲哀を味わった。長男カルルは、戦傷の悪化で遂に命を失った。

カルルはかねがね情緒不安定で、父の嘆きの種であった。しかし、その若い生命が失われたことを知った家長プランクは、親しい人びとに手紙で切々と訴えた——「戦争がなければ愚息の真価に気付くことはなかったでしょう。いま私は初めて、大切なものを失ったのだと思い知らされました」と【ハイルブロン】。

不幸は更に続く――娘グレーテは、戦争の末期に出産しその一週間後とつぜん死んだ。双子姉妹のエンマが乳児を引き取り、戦後にグレーテの夫と結婚したが、そのエンマも、新しい生命を産み出した後に死ぬ。その直後プランクに会ったアインシュタインは「涙を抑えることができませんでした。彼は、信じがたい程に気丈でしたけれども、悲嘆の情が彼をさいなんでいるのがよく分かりました」と手紙でボルンに報じた【ハイルブロン】。

祖父プランクは、孫たち（それぞれ母の名を継いでグレータ、エンマと呼ばれることになった）の成育を助けることに慰めを見出した。後年、エンマは音楽を学び、グレータは女医になった【ハイルブロン】。

ノーベル賞を受けるプランク

学界スポークスマンであり家長であるプランクがあまたの不幸に見舞われていた頃、友人たちは、彼の業績を顕彰すべく準備を進めていた。

一九一八年、ドイツ物理学会は、会長アインシュタインの肝煎で、プランク生誕六〇年記念の会をもよおし冊子を作った。

こうした行事に触発されたのであろうか、ノーベル賞委員会の中に、先年の誤伝騒ぎの償いをすべきだとの意見が生れた。また、それにもまして大切なことだが、量子論ぬきの物理はもはや考え

図９　プランクの親友Ｗ．ウィーン（1922年当時）

られなくなり、プランクを表彰しない限り量子物理学上の他の業績に賞を贈り得ないという事態さえ感じられるようになってきていた。

しかしながら一方で、プランクの着想の延長線上には首尾一貫した理論が未だに構築されていないとする消極論も認められた。ノーベル賞委員会は消極論を無視し、（未決定だった）一九一八年の物理学賞をプランクに贈った（理由は「量子論による物理学進歩への貢献」）。翌一九年の物理学賞に関して、プランクはアインシュタインの一般相対論を候補に挙げたのだが、委員会はシュタルクを選んだ（「陰極線ドップラー効果とシュタルク効果」の発見）。スウェーデンのアカデミーは、アインシュタイン、シュタルク両人を推薦するとの委員会所見に承認を与えた。シュタルクは、理論嫌い、理論家嫌い、ユダヤ人嫌い、リベラリズム嫌いの人である。こうしてアカデミーは、ドイツの物理学の、両極に相当する二派それぞれの「スポークスマン」たちに力を添えたのだ【ハイルブロン】。

念のために書き加えれば、ウィーンは一九一一年に「熱放射に関する法則の発見」で、またアインシュタインは二一年に（相対論によってではなく！）「数理物理学への功績、とくに光電効果の法則の発見」でノーベル物理学賞を受けた。

親友への想い

プランクは友誼に厚い人だった。その証拠は書簡や祝辞・追悼文などにいくつも見られる。親交を続けた友人ウィーンの死（一九二八年）を悼む次の一篇#は、プランクの友情の深さとそして当時のドイツの学者たちの生活感情を後世に伝える碑銘的な文献と呼ぶことができよう。

W. Wien: *Aus dem Leben und Wirken eines Physikers*, 1928 の巻末に収録。訳出に際し、天野清氏遺品中の訳稿断片を参照して多大の恩恵を受けた（「ウィリー＝ウィーンへの想い出に」）。

ウィリー＝ウィーンと私の個人的な関係は遠い年月に遡る。私達はお互いに珍しい事情で知り合った。一八八五年から六年へかけての冬、若い大学助教授だった私は、私の叔父が土地を借りていたアルレンシュタインの近くのホースオルテンの王室領地で、東プロシヤのクリスマスの時期を過ごしたことがあるが、その機会（おり）、ウィーンの親戚だった隣りの地主から猟に招かれたのである。大勢の客の中に、その頃ベルリン大学のヘルムホルツの物理研究所で学位論文を書くので研究していたウィーンも顔を出していた。光が衝立の縁辺（へり）で廻折するときに衝立の材料によって変るという、キルヒホッフの理論からはなんら理由を挙げることができなかった一事実である面白い発見や、色々の他の物理の疑問がたちまち私達を話にすっかり引き込んで、まる一日一緒に離れずにいる程だったので、他（ほか）の狩仲間は、何のことか訳の分らない、従って格別大して値打のなさそうな問題を熱中して話し合っている二人の若い者を幾分か茶化した位であった。

だが、それにも拘らずウィーンと私には非常な違いがあった。私自身は叔父のおともで狩のお相伴をし、標的を射つだけに遠慮していたのだが、ウィーンは立派に資格のある参加者で、高尚な狩猟のあらゆる術に熟練していた。

彼の知識と興味が多方面なことにはなお幾度も驚嘆させられたことがある。

ウィリー＝ウィーンのようにその科学の理論と実験の両方面をまったく同じように駆使した物理学者はごく少数しかいないし、一人の同じ研究者が熱輻射の変位則とカナール線の本性のようにあれほど種類の異なった発見をするようなことは、将来は益々珍しくなるであろう。

あの一日の知合の後、私がベルリンへ来、彼がそこへ就職して、私達は一八八九年に初めて再会したのであるが、それも長いことではなく、彼は高等工業学校に勤めるのでアーヘンに行ってしまった。後年、彼をベルリン大学に取り返そうと何度も運動があったのに、それが出来ないでしまったのは残念であった。

既に一九〇六年パウル＝ドゥルーデが悲劇的な最後を遂げたあとにもウィーンの名前はハインリッヒ＝ルーベンスの名と一緒に学部の候補者名簿に載っていたし、後者が一九二二年やはり余りにも早く物理学界から喪われてしまったので、ウィーンはその学問上の地位からいってもその全体の人格から言ってもうって付けの後継者だと思われたのである。このときも彼をその新たな故郷バイエルンに結び付ける絆のほうがやはり結局は強かったことがわかった。

それで、それ以後は彼と私の個人的な交際もやむなく主に書いたもので意見を交換することに制限されなければならなかったが、それはともかく、交際の機会は、時を経るに従って益々多くなった。それは、ウィーンがその専門仲間の範囲や、またはるかにそれを超えた一般の尊敬を受けたことと、彼が科学的な業績の外その性格の高尚、判断が捉われず、事務的な事柄にも練達していたこと、殊に一度正しいと認めたことを一すじに迷わず確守するという点にも少なからず負うところの、ある事情で、時と共に彼をあらゆる種類の名誉や信用の地位に就かせたからである。

国立物理工学研究所のクラトリウム#、物理学協会、ヘルムホルツ協会、アンナーレン デア フィジーク##の編輯《しゅう》、ドイツ博物館の開設準備（フェルアンシュタルトゥング）で始終私達二人が関心を持っていた人的な現実の問題で通信し合う機会があった。しかし私に一番愉しく想い出も深かったのは、やっぱりミッテンワルドの心地よく小ぎれいに装飾した彼の家庭をさまざまな機会に訪れて彼の客として過すことの出来た時である。ここでは水入らずの一巻きの中で彼は、実際彼があるままの素晴しい人間に全くなり切っていた。そして彼の性格がさっぱりしていて快活になっていることで彼の家庭の幸福の太陽の暖かいアプグランツ###を心地よく感づくのだった。

こうして彼は、健康と創造の力充ち溢れるさ中に私達から逝ってしまった。彼は、次第に力が抜けてゆくという感情は知らずに済んでしまった。こう考えて、彼を知りそして愛したすべての者は一つの慰めとしなくてはならない。

＃　研究所の方針などを検討するために設けられている審議会。外部の学識者・政府関係者などで構成され、年ごとに招集される。ウィーンは一九一二～二八年、プランクは〇三～三五年、そしてアインシュタインは一七～三五年、クラトリウムに所属した。

＃＃　前出の雑誌 *Annalen der Physik.*

＃＃＃　原文 Abglanz. 反照の意。文豪ゲーテも『ファウスト』や『色彩論』で好んでこの語を用いた。

ディレンマに直面するプランク　第一次大戦の後、異常なインフレーションが人びとの暮らしをおびやかした。プランクも例外ではなく、アカデミーの用で旅行に出た途中、マルク通貨の価値の下落のためホテル代に窮し、六五歳の身でありながら駅で一夜を明かしたことさえあった。ウィーンのように悲観的な心境を洩らす学者の多かったこの時代、プランクは、公私の難事に遭遇しつつも、毅然として学問再興に挺身し続けた。

一九一一年創立のカイザー・ウィルヘルム協会とプランクとの縁は、一六年の評議員就任以来すでに長い歳月に及んでいたが、三〇年七月、その総裁の重責が彼の上に課せられることになる。ベルリン大学・理論物理研究室をリードする職務は高弟ラウエに譲ってあったものの、学部での後任者シュレディンガー（E. Schrödinger）の着任が遅れた事情などもあって、プランクの講義は三〇年まで継続され、大学行政への参与は三二年まで続く。物理学会の仕事や *Annalen* 誌の編集のほか、ドイツ博物館（ミュンヘン）創設準備の責任も加わった。

二九年にはプランクの学位取得五〇年記念行事が執り行なわれ、もちろんピアノや登山の楽しみは途切れなかったけれども、さまざまな公的会合への頻繁な出席のみでなく大学と国立研の研究会（Kolloquium）にも列席し沢山の手紙を書き内外に講演して歩くという日常は、時計のような（哲人カントのような?）正確さで刻まれなければならなかった。再婚した相手のマルガは社交に慣れており、夫と要人たちとの付合いを助けた。

ドイツの科学と工業がようやく立ち直りを見せ始めて、国立研究所のあり方が問われるような機運が醸し出される。巨大化した産業は、応用研究へのニーズをしきりに訴える。国立研は、プランクやウィーンの眼には「後進のイギリス国立物理研究所 National Physical Laboratory やアメリカの国立標準局 National Bureau of Standards と同様、公共の基準を設定するための仕事への傾斜をあからさまにして、学問上の優位を喪失してしまった」と映じた。そして、カイザー・ウィルヘルム協会傘下での研究活動の急速な展開と拡大が開始される。政府からだけでなく企業や個人からも基金拠出を仰ぐという形態が採用された。そのような動きもまたプランクの心労を深めるものであった訳だが、彼は誠実に対応し、平行して、学術の国際交流への配慮をも惜しみなく投入した。

プランクは、このワイマール時代、ドイツの物理学のスポークスマンであることを越えて、ドイツの科学研究の代弁者（voice, Sprecher）かつドイツの物理学の大長老（Nestor）となったのである【ハイルブロン】。

しかし国の内外の政情は次第に険悪さを顕し始めていた。

ナチズムの台頭と暴発――プランク総裁 vs. ヒットラー総統　一九一〇年代の末から政治に関わり出したヒットラーは、二三年の蜂起に失敗した後、二五年から合法的なしかし過激な活動を繰り広げ、三三年には政権を手中に納めて第三帝国成立を宣言する。

第三帝国時代の学術活動については実証性の高い文献#があるので、我々は、プランクの身辺に焦点を合わせて、彼が直面したディレンマの深刻さを見届けることにしよう。

#　(1)　A・D・バイエルヘン著・常石訳『ヒットラー政権と科学者たち』、一九八〇年、岩波。(2)　山本尤『ナチズムと大学』、一九八五年、中公新書。

ヒットラー政権時代の初期、カイザー・ウィルヘルム協会傘下のある新しい研究所の開所式で挨拶する際、プランクは次のような経験を強いられた――

皆プランクに目を向け、総裁プランクがどのようにして話し始めるかを注視した。というのはその当時、そうした挨拶は「ハイル・ヒットラー」という言葉で始めることが公式に定められていたからである。さて、プランクは演壇に立ち、その手を半分ほど上げそして再び下げてしまった。次も彼はその動作を繰り返した。しかし遂に手は上がり、プランクは「ハイル・ヒットラー」と言った……いま思えば、カイザー・ウィルヘルム協会全体を危険に陥れたくないなら、そうするしか外になかったのだ。

以上は、物理学者エワルト（P. P. Ewald）の証言（一九三六年）である。

ヒットラーがユダヤ人追放政策を激発させたことは周知の通りであり、あのアインシュタインをはじめ、シュレディンガー、ボルン、化学のハーバー（F. Haber）ら二〇人のノーベル賞受賞者がドイツにおける地位を離れることを余儀なくされた。女性科学者リーゼ＝マイトナーもユダヤ系であったから、プランクがせっかく用意してくれたベルリンでの地位を放棄せざるを得ず、スウェーデンに移る境遇に追い込まれた。

その前後の出来事のうち最も深刻なのは、プランクのヒットラー訪問であろう。三三年の春（おそらく五月）、既に切迫していたハーバー追放策について一言を呈するべく、プランクはカイザー・

ウィルヘルム協会総裁の立場でヒットラー総統に会見を求めた。ヒットラーの答えは、こんなものだった——「ユダヤ人それ自体に対しては何ら含むところはないが、彼らはみな共産主義者だから私の敵なのだ」。プランクは言う「しかしユダヤ人も様々であるから、区別すべきでしょう」。総統「ユダヤ人は〈いが（Klette）〉のように寄り集まる。区別は彼らがすべきなのに、それをしないから、私はすべてのユダヤ人に対して断固たる処置を取るのだ」。プランクは「学術振興に必要なユダヤ人を追放したら、外国の利益になるだけでしょう」と続けたが、ヒットラーは答えず、話題を転じて「私を神経衰弱だなどという者もいるそうだが、それは中傷だ。私は鋼鉄のような神経の持ち主だ」とうそぶき、次第に早口になり激昂の体となった。プランクは、沈黙し辞去する外はなかった（ずっと後の一九四七年にプランクが物理系の新聞 *Physikalische Blätter* の求めに応じて寄せた短文【ハイルブロン。前出バイエルヘンの著書にも抄録】）。

この会見の真相は長らく公表されなかったので、巷にはこんな風説がひろがった——ヒットラーは「ユダヤ人科学者がいないと困るというなら、とうぶん科学ぬきでやっていこうではないか」と決め付けた、と。

『ドイツ物理学』へのたおやかな抵抗

ドイツ科学の国際的な信用は、にわかに失われ始めた。しかし、いち早くナチ色に衣替えした研究所もあった。それどころか、反ユダヤ的な大著

『ドイツ物理学（*Deutsche Physik*）』全四巻（一九三六〜三七年）を公刊する人物さえ現われた。我々がIで光電効果を話題にした時に知ったレーナルトである。彼はアインシュタイン攻撃の指揮官でもあった。三三〜三九年に国立研究所長をつとめたシュタルクは、三〇年いらいのナチス党員であって、学術行政のあちこちに波紋と歪みを巻き起こしプランクを困惑させた。

三五年、ハイデルベルクに新設された「レーナルト研究所」の開所記念講演で、シュタルクは（もちろん、声高に「ハイル・ヒットラー」と叫んでからであろう！）以下のようなことを述べた――

アインシュタインはドイツから消えた。……しかし不幸にも、ドイツにおける彼の友人と支持者は、依然として彼の精神にのっとって、より一層の活動をする機会を与えられている。彼の支持者の中心であるプランクは、相変わらずカイザー・ウィルヘルム協会の頂点に立っており、またアインシュタイン理論の注解者であり友人であるラウエは今でも科学アカデミーで物理学専門家の役割を与えられている。そしてアインシュタイン精神の奴隷である理論形式主義者ハイゼンベルクは、学界が必要とする人物に分類されているようだ。……国民社会主義の精神と矛盾するこれらの嘆かわしい状況とは対照的に、アインシュタイン主義に反対するレーナルトの闘争は推進されなければならない。

この演説の頃、シュタルクは、カイザー・ウィルヘルム協会総裁の地位を狙っていた。プランクの任期の終りが近付いていたからである。しかしプランクは留任し、三八年末、二〇余年間に及ぶ協会の舵取り役の任務を離れた。

同じ三六年、レーナルトに共鳴していた物理学者で国立研にも在籍したゲーリケ（E. Gehricke）は、我々が熟知するプランク熱放射式を「単なる数学的付録」とこきおろし、実験家の名を冠して「ルンマー－プリングスハイム公式」と呼ぶべきだと主張した（【天野1（七〇ページ）】は、実験家の労苦に触れつつも、ゲーリケのこの主張を鋭く批判した）。

三七年の秋、国立研究所の創立五〇周年記念式典が催された。シュタルクが所長に就任していた。愛弟子ラウエ、マイトナーらは、欠席することを切に勧めた。熟考・秤量ののち、プランクは出席した――「国立研究所はシュタルク氏より大切なものだ」――この新しい機関をつくり出したヘルムホルツやジーメンス一族の功績を想い、また私の学説の基礎をなした実験の遂行の場であった同所の既往を想えば、感謝の念と、そして敬虔の情さえ湧く――「それに比べれば、シュタルクごときは物の数でない」【ハイルブロン】。

黒との因縁

ナチス親衛隊の機関紙「黒軍団（*Das schwarze Korps*）」も、リベラルな学者たちを眼の敵にした。しかし、その主な標的はもはやプランクではなく、次の世代のハイゼンベルクらであった。

それにしても「黒」とプランクとの因縁は、浅からぬものと言うべきだろう。

元来、彼の量子仮説を産み出したのは「黒」い放射体（schwarzer Strahler）の理論であった。放射論の教科書【西尾】の中の「黒い」という用語の定義と説明は、はなはだ厳密かつ詳細である。

更にさかのぼれば、プランクは、恩師ヘルムホルツが亡くなった一八九四年をドイツの物理学の「暗黒の年（Das schwarze Jahr）」と呼んだ【高林、カーン－一二三ページ】。それは、ヘルツ、クントが相次いで世を去った年でもあった。

伝記書の写真に見るプランクの服装もまた、宗教活動や儀式の場面は当然として、書斎・講壇・談話室・ピアノの前・アルプス山中！でさえ、おおむね「黒」であったようだ。

図10　黒衣の紳士プランク

伝道者プランク

一九三〇年代の後半プランクは、自分の気質に合う限りで、そしてまた、外的な事情が許す限りで、政府の見解への抗議を続けた。まず講演、そして著書。『世界観をめぐる抗争の中の物理学』（一九三五年）、『意志の自由の本質について』（三六年）、『宗教と自然科学』（三八年）。

こうして彼は、八〇歳代に近付いてゆく。公開の講演は辞退して当然という歳である。彼は、ここで新しい、そして最後の生きがいを、巡回伝道の仕事の中に見出す。

もともと彼は、実践的なルーテル派の人として育てられ、食卓では必ず祈りを唱えた。組織的な宗教活動に疑いを抱いたことは一度もなかった。一九二〇年から没年まで、ベルリン・グリューネワルトの教区長老（Kirchenältester der Gemeinde）であった。

プランクは、ワイマール時代から折々に科学と宗教との融和可能性を説いていたが、その思想を心ゆくまで語った最初の労作が上記の『宗教と自然科学』である【ハイルブロン】。バルト地方での講演に基づくこの著書は、たちまち版を重ね、新聞で話題にされた。

シュワイツァー（A. Schweizer）との親交を通じて東洋思想に接したプランクは、インドの否定的・観照的な世界観よりも中国の肯定的・現世的なそれに親近感を抱いた。しかし戦時に出た最後の主著『精密科学の意義と限界』（一九四一年）では、諦念が色濃く現われる。核分裂の発見に寄せて、豊富なエネルギー資源の開発への楽天的な意見を（数字まで示して）述べるかたわら、ウラニウム動力機械（Uranmaschine）は決してユートピアだけを約束するものではなく、我らの惑星（地球）をカタストローフに導くおそれを秘めたものだと忠告する【ハイルブロン】。

彼の伝道行脚は、バルト三国、東欧（ウィーン、ブダペスト、グラーツ、ザグレブ）、スイス（バーゼル、ベルン、ジュネーブ、チューリッヒ）、ローマ、スウェーデンにまで及んだ。だが戦禍は容赦なくプランクの身辺を脅かした――コブレンツでは空襲のため講演中止、カッセルでは地獄のような廃墟を眼のあたりに見て防空壕で一夜を明かした。

ナチスとの関係はますます微妙さを加える――既にアメリカに移っていたユダヤ人学者・アイン

シュタインの名前を口に出すことが難しくなり、やがて相対論も禁句となる。

そのような状況下に置かれながら、プランクは機会さえあれば信念を吐露した。四三年か四四年にナチス外交部で語ったと伝えられる以下のようなプランク談話は、当時の心ある聴き手にとって真に感動的なものであっただろう（記録を留めたのはスウェーデンのジャーナリスト。【ハイルブロン】は、事態を考慮すれば二重に驚くべきことだと言う）。

プランクは、もの静かに、控え目に、賢者のように存在の理法を語った。粗暴な偏見や狂信を超克して、ユダヤ人学者アインシュタインを思想界の導き手と讃えた。彼が今おかれている状況など全く念頭になかった。……黒服に身を包んだこの人物は、ナチスのあらゆる策略をもってしても変節させえぬほど偉大であったのだ。……それはさながら、典礼か説教の雰囲気であり、その場に居合せた人びとの気質と比べれば甚だしい対照をなすものだった。

しかしナチス学術局（Hauptamt der Wissenschaft）は、このさき講演を一切しないようにとプランクに申し渡した。

最晩年のプランク

一九四二年の春、ベルリンから西へ百キロメートルほど離れたエルベ川沿いのローゲッツ（Rogätz）という土地に疎開した。ベルリンの邸が爆撃を受けても修理する人手が得られなかったからである。アカデミーの仕事との縁は四四年六月まで続いていたものの、大学のコロキウムに顔を出す楽しみはもはや絶たれた。疎開生活にあっても彼の楽天主義は失われなかったが、破局は迫っていた。

四四年二月一五日の夜の激しい空襲が、彼の邸をそして蔵書・日記・書簡を焼き尽くした。孫娘エンマの自殺（未遂）の知らせ、次男エルウィンの処刑（ヒットラー暗殺計画への荷担の疑いによる）の知らせが、相次いだ。プランクの健康は俄に衰えた。

疎開地ローゲッツも戦場と化した。妻と共に森をさまよい、干し草を枕に寝た。

ゲッチンゲン大学の物理教授ポール（R. Pohl）の状況判断で警戒に出た米軍士官たちがプランク夫妻を救出した。ゲッチンゲンの姪の家が、プランクの終焉の二年半の住まいとなる。病院治療が長引いたが、プランクは、ロンドン王立協会のニュートン生誕三百年記念に参列する気力を残していた。

彼の生涯の執心の的であったカイザー・ウィルヘルム協会の数多い研究施設は、著しい損害を受け、スタッフは四散していた。その復旧のための名誉総裁職が彼の最後の勤めであった（一九四六年から）。占領軍のうち英仏は協会存続を許したが、米軍は協会がナチスに屈したと信じて解体を要求していた。英軍側から、軍事臭のない名称への変更を条件とする存続が示唆される。ふさわしい名称は、難なく探し当てることができた【ハイルブロン】。「マックス＝プランク学術振興協会」（しかし「英軍管理地域での」と但し書き付きで）が一九四六年九月一一日付けで発足する。やがて米軍当局も理解を示し、四九年七月には、英米仏の占領軍が一致して新しい（但し書きをはずした）協会のステイタスを承認した。総裁にハーン、事務長にラウエ、物理研究所長にハイゼンベルクが就任した。プランクは、一九四七年一〇月四日、永遠の眠りについた。

人間プランクの全体像

プランクは、長い閲歴の中であまたのディレンマに直面しながら、術策を弄することもなく派閥をつくることもなく廉潔さを貫いたわけだが、他面、彼のナチスへの抵抗の不徹底に物足りなさを感じた学者は実在した（アインシュタイン、ラウエ）。【ハイルブロン】の最終節は、「プランクがナチス時代まで公職にとどまったのは最善のみちであったか？」その他いくつかの疑問提起で閉じられている。著者ハイルブロンは解を見出しえなかったのか、あるいは答は読者次第だというのか。いずれにしても、読後に重苦しさが残る。

私はむしろ、プランクの廉潔が「なぜ」可能だったのかを知りたい。法学・神学の家系の出であるマックス＝プランクの、説得（折伏？）能力や実務手腕などに答を求めたいとも思う。法学者風と言っても、辣腕な検察官のそれではなく、律儀な調停員のそれを私は連想する。また、神学者風と言っても、峻厳な枢機卿のそれではなく、実直な伝道者のそれに「廉潔」の可能性をさぐり当てたい。

そして同時に想う――ドイツのプロフェッソルは畏敬される――時として必要以上に。ナチス中枢にも「大学出」は居た――彼らもプロフェッソルの面前では背筋を伸ばさざるを得なかったのではあるまいか。

Ⅳ　日本学術史の中のプランク

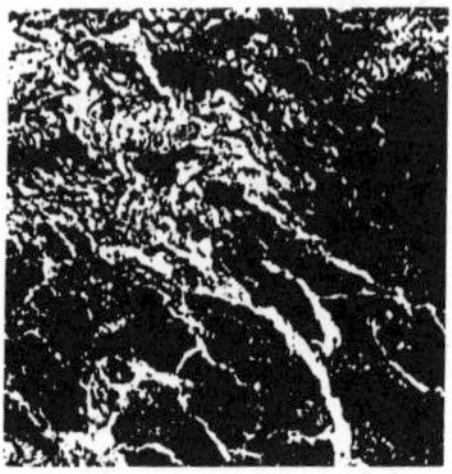

安政生まれの物理学者・田中館とプランク

明治から昭和初期の日本物理学をリードした田中館愛橘は、一八八八年から九一年（明治二一～二四年）にかけてグラスゴーとベルリンに留学した。グラスゴーではトムソン（W. Thomson, ケルビン卿 Lord Kelvin）に師事してその学風に強い感銘を受けた。

田中館がベルリン大学に転じたのは一八九〇年であったから、そこにはプランクが助教授として八八年から在任していた訳だが、田中館はプランクとの接触をもたず、後年の回顧座談会などでもプランクを語ることは殆どなかった。ただし熱放射実験に関して言えば田中館は滞英中ボットムレー（J. F. Bottomley）のもとで、分光的でもなく空洞条件によってでもなかったにせよ、すぐれた貢献をした【天野1およびそれの月報】。

田中館の留学期のプランクはまだまだ目立たない存在であったたし、専門分野について言えば、田中館のは磁性実験・地球物理・度量衡・航空・ローマ字などであり、理論家プランクのそれと重なるところはごく少なく、むしろプランクの師ヨリーに近い方面だったから、田中館とプランクとの縁の薄さは当然であった。それはまた、一九世紀の日本科学とドイツ科学との熟成の度の違いをそっくり反映するものでもあった。ちなみに田中館は一八五六（安政三）年の生まれで、プランクより二歳ほど年長である。

革命を訴えた長岡半太郎とプランク

日本の物理学者のうち、田中館の九歳下に当たる長岡半太郎は、原子構造論のような理論研究で欧州学界に名を知られたかと思えば水銀から金をつくる実験で世間を賑せたりもした幅広い学者であり、東大教授・理化学研究所主任研究員・大阪大学学長その他の要職をつとめた（以下、【長岡伝】に負うところが多い）。

長岡の最初の留学先はベルリン大学、時期は一八九三年五月からであった。記録によれば、聴講科目はヘルムホルツの熱力学などのほかプランクの光学・熱学を含んでいた。プランクにとって恐らく最初の日本人聴講生であっただろう（ベルリン大には八四年から九九年まで田中正平がいて、音響学とくに純正律オルガンの研究を続けており（前述）、音楽好きのプランクと個人的な交際はもっていたが、師弟という間柄ではなかった）。

当時の長岡の手紙（田中館あて）に「プランクの熱学は面白い。今の処は鶴田に聞かせたい」などとある。鶴田（賢次）は、長岡より三年わかい後輩だが、早くから熱力学を研究しボルツマンの業績に親しんでいた人で、のち助教授になりドイツ（ゲッチンゲン）に留学したが、帰国後しばらくして早世した。

九四年五月、長岡はミュンヘンへ、次いで一〇月にはウィーンに移って、両大学でボルツマンに師事し、大いに傾倒する。九五年五月ベルリンに戻り、プランクの流動学・弾性体力学・電気磁気学理論を聴講し、国立物理工学研究所の参観もして九六年に帰国する。

長岡が後年（一九四八年すなわちプランク逝去の少し後）に回顧したところによると、プランク講義の受講者は当初三〇名ほどに過ぎなかったが一年を経ずして百名を越えた。また講習（今日いう演習であろう）ではキルヒホッフのスペクトル分析の論文を読ませ、プランク自身その方面の研鑽を怠らなかったという。キルヒホッフのこれらの論文は近代の熱放射研究の道標となったものだが、年代上では三〇年も遡る古典的業績である。プランクが熱放射研究着手の時期に古典を見直していたことが、よく分かる。

一八九六年に帰国した長岡は、帝国大学理科大学の応用数学講座の教授の地位に就く。理科大学とは、今日の理学部に相当するものであるけれども、当時、「学科」はなくて、講座が数学第一、数学第二と並び、次にこの応用数学、以下、星学第一、星学第二と続き（星学は天文学に相当）、その後に物理学第一、物理学第二が来て地震学で終っていた。つまり長岡は、物理学の両講座のそとにポストを得たのである。一九〇一年、この応用数学講座は理論物理学講座と改称された。

こうして、実験物理の中心的存在である先輩・田中館教授の講座と並ぶ形で、理論物理を看板とする長岡教授の講座が誕生した。ベルリン大学が新設した理論物理部門にプランクが就任した年（一八八九年・助教授、九二年・教授）から数えてほぼ十年目である。

一九一〇年、三度目の欧州旅行に出かけた長岡は、輻射学万国会議その他に出席して学術の最新動向に刺激され、その年の暮、母国のニュートン祭への手紙で「革命」を熱烈に訴える。ニュートン祭とは、碩学ニュートンの名と命日を借りた、物理学者たちの忘年の集いであり、ユーモアに富む行事であったが、長岡は、大真面目に欧州事情通信を書き、故国の仲間を激励、あるいはむしろ叱咤したのである。

クワンテン仮説と長岡

【長岡伝】でも取り上げられているが、欧州学術の新傾向が当時の日本でどう紹介されていたかを見るための興味深い資料があるので、やや詳しく検討しよう（「哲学雑誌」二六巻、二九四号、明治四四（一九一一）年、八八三ページ、六月の心理学会例会講演抄記）。「クワンテン仮説（Quantenhypothese）について」　長岡半太郎

これは二三年来、物理学界に行われている仮説である。……「エネルギー」、電気等は一の「クワンテン」即ち極微子から出来ているとせられるに至った。この「クワンテン」はそれ以上破壊せられざるもの、即ち元子的のものである。これを『量子』とでも訳して置こう。……この仮説は実験の観測より来ったものである。これを厳密なる数式に表す為に、即ち実験を咀嚼する方法として「クワンテン」を考えた。従来、光、電気は一種の媒介物（メデゥム）ありて作用を伝えるものとされた、即ち懸隔的作用 action at distance の説は排せられるようになった。物質はいかに壊すも終に破るべからざる元子（アトム）に達する、これは化学原子だろうと考えられていたが、今日においては化学原子は複雑な構造を有するものであるから、

「クワンテン」の集合と考えねばならぬ。哲学的には一元論、二元論等もあって、「クワンテン」仮説は一元論に似たようであるけれども、根本的には然りと云うことは出来ない。

……ある原子は電気の「クワンテン」の集合して成立したものであると云いたい。

……「クワンテン」仮説の動機は放射能做《のうさ》（ラヂオアクチビテイ）の研究より起った。……気体分子の運動は無秩序的の間に秩序的なものがある。啻《ただ》に平均状況を観察することが出来る。温度、圧力一定すれば長時間に亙る、各気体分子の平均「エネルギー」は皆等し。これ確度論（プロバビリテイ）を応用して得たる結果である。……この結果より電気の「クワンテン」、「エネルギー」の「クワンテン」を計算し得るに至った。かくて「クワンテン」は確度計算法により統計的に研究されるに至った。此計算は放射の研究にも応用せられ、面白き研究法を与えた。熱を研究するには必ず統計的に確度計算法によりて研究せねばならぬ。また光、熱のごとき放射即ち電磁波も統計的に研究せらるるに至った。「クワンテン」の研究も統計的にせねばならぬ。……

……電子を含む電気の量は一定している。また光も電子の一種の振動より起ることが証明せられた。かつ各電子の電量は必ず一定している。……

（－）$e=4.7\times10^{-10}$E.S.U.（静電単位）

……これは電気の元子と名付け得るものである。これ即ち電気「クワンテン」で、……電気はこの倍数にて現わされるもので、この分数は今日知られていない。……光の放射よりこの量を出すこともできる。……

光の速度は一の自然の常数である。速度の「クワンテン」と考うべきではないか。

電気「クワンテン」は「エネルギー、クワンテン」である。電気一定量が一定のポテンシアルにあれば、その物の有する「エネルギー」は定まる。……

これから「エネルギー、クワンテン」を考えるのは訳ないことである。……

放射「エネルギー」を研究するにそれは「エネルギー」が放射（エミッション）収散をなすものと考えられる。またそれを吸収（アブソルプション）する現象もある。「エネルギー」はこの二つの現象に分けて研究せねばならぬ。「エネルギー」はある量以下に割ることができない。……放射が電気振動とすれば、前のeなる単位が本とならざれば、かかることがないと云うことが判った。……

……宇宙の「エネルギー」の本は電磁的のである。化学現象も電磁作用に帰しうべきものである。そのために「クワンテン」の仮説を発展する必要がある。これ研究の新進路である。……

物理学者を相手にした講演でないことを考慮しても、全体に粗雑な談話であることは否めない。プランクが営々と考察してきた「エネルギーあるいは作用の量子」のまっとうな紹介は、一向になされていない。強いて意義を認めるとすれば、基礎的な物理定数の重要性を説きつつ、物理学の現下の動向に注意を促した点だけであろう。ただし、これは更に精査を要するが、「量子」の訳語はここに初登場したのではないだろうか。ちなみに、光電効果を研究したレーナルトも当時は電子をクワンテンと称していた。

アトミスティークと長岡

同誌の翌年の記事は、ボルツマン流の原子観を詳説した後に熱輻射論でのウィーン、プランクの仕事を、かなり的確に紹介している（「哲学雑誌」二七巻、三〇三号、明治四五（一九一二）年、七一三ページ）。「物理学上の原子的（Atomistic）観念」　長岡半太郎

……物理学の研究途上近年に至ってアトミスチックの考が余程発達して来たことは疑いもないことである。それは研究方針が一体にアトミスチックに依て定まる事柄が沢山あるからであります。……

エントロピーなるものは、ちょっと此処に説明し難いのでありますけれども、所謂カルノーの器械なるものに於て一種のレベルシーブルの方法を講じて、どれだけの効率があるからということを見る。……イルレベルシーブルというものの議論には必ずアトミスチックの考を入れるということの必要を感じている。……エントロピーの観念とプロバビリチー即ち公算の議論

とは殆ど同一なものでありまして、……。

エントロピーが極大の価に達する、ということは、それを数学的の言葉で申せば、エントロピーというものはプロバビリチーの対数価に相当するものである。エントロピーが極大になるような具合に現象が起ると云うには、つまり一番確からしい価が出て来るということに同じであるから、若し物質が小さい部分から成立っているとしたならば、其最もプロバブルな状況に在る。……其れ以外にあったならば其時における最もプロバブルな状況に在る#其の事柄を以てイルレベルシーブルの現象というものが定まる。……

「在る」は「至る」か?

……そのプロバブルの価を見出すことは斯様な気体のようなものにありましては極めて簡単でありますけれども、例えばこの瓦斯燈から出る所の燈光に対してはどうであるか。是れに付てはなかなかむづかしいことが現われて来ます。……なぜかと云うと、是れは物質的のものではない。併しながらエネルギーを送り出している。其のエネルギーのことに付て最も確からしい価を得なければならないことになります。此等は五六年前からして少し観念が違って来ました、物質的のものでなく、分子とか原子とか、或は電子とかいうような種類のものでなくして、吾々は特にエネルギー、クワンテンと云うものを考えることの必要を感じて来た。エネルギーと云うものもエーテル内に伝播する場合に於て一種のコンクリートなものになって、丁度物質の原子に類似するような具合になって、伝播するのではなかろうか。是れは伯林大学の教授である、♯ プランク氏が考えたのでありますが、寧ろ光というよりは輻射線と云った方が適当である。輻射の議論に於てエネルギーのクワンテンというものを考える。クワンテンは一定の振動数であるとすれば h なる乗数を乗ける。そうすればクワンテンは $h\nu$ である。発光体のエネルギー観念で、是れ以下にはエネルギーを毀すことは出来ない。是れは一種の概念であって、まだ吾々は十分に実験的に此クワンテンというものを一つ一つ捉まえて議論することは出来ないのであります。……

♯　原文の終止符をコンマに改めた。

……兎も角も暗黒体で、光を反射しない、全く吸収してしまう、どんな光でも吸収する所の物体があるとしたならば、其れの発する所の輻射はどういう規則に依て温度と関係しているかという問題が提出された、ヴィンと申す物理学者が九分通り解釈して、それから又プランク氏がそれを大成したのであります。

……此処にある瓦斯燈などは、特別の選択的の輻射をなしている物体である。……暗黒体に於ては、そういう特別な光を出すようなことはない。……その事柄は炭の火でよく分る。炭がまだ十分におこらなければ赤い光が出る。非常に熱した場合に於ては黄色の光が出る。又青い光の出ることもある。どんなものが最もプロバブルであるか、即ちどんなエネルギー、クワンテンが最も余計出て来るかということを調べて見ると、このクワンテンの中に這入っているνというものの変りが温度によって現われて来る。νは振動数を現わす、即ち波長に反比例するものである。その波長に反比例する所のものは温度に如何に関係しているか、最もプロバブルな価は何であるかと、其れを調べて見ますと所謂ヴィン、プランク法則と申すものが出て来る。物体には必しも光を発する部類に属するもののみならず又之を吸収するものがある。その吸収する場合に於ても此エネルギー、クワンテンであるものを吸収するものがある。ここには少しまだ異論があって、プランク氏が昨年二月頃其意見を発表されたことがありますが、マアその吸収する場合に於ても矢張りクワンテンの分数的のものを吸収しないと見ても大した違いはない。発光体はクワンテンの倍数或は最も小さい場合には一のクワンテンまでのものを出す。是れは物質ではない、一種のエネルギーでありましょうけれども、其大体の性質を論ずることは矢張りアトミスチックの範囲に属するものである。

……ヴィンが初めて輻射則を出した困難なる状況は、述べることが出来ませぬが、其に就て五つばかり論文がありますが、何れも相撞着しているようなことがある。近頃ソムマーフェルド氏がエネルギー、クワンテンと云うものを土台として輻射則を出されたのは極めて簡単であって、半頁ぐらいの勘定で出て参ります。前には数十頁を書かなければ出て来なかったが、半頁位で出て来ることがある。其法則は一番プロバブルの価に帰着するのである。……それがエネルギー、クワンテン論にも亦大に効果を現わしております。

以上が長岡の一九一二年段階でのクワンテン説紹介の要旨である。プランクが自説に修正を加えつつあった状況、ゾンマーフェルトが量子論研究にのめり込み始めた有様#などがよく捉えられており、前年の心理学会での講演と比べ、はるかに深い理解の跡が見られる。引用は略すが、長岡は同じ講演の後段で、低温での固体の比熱の量子論（ネルンスト）あるいは液体ヘリウム中での「電気抵抗が……殆どなくなる」こと（後に言う超伝導）にさえ触れている。日本で、専門家以外の聴衆を相手にして量子論を本格的に紹介したのは、これが最初であると言える。

ただし、我々はここでも気付く――長岡の紹介の力点は、今回もボルツマン流のアトミスティークに置かれているのである。それは、長岡がボルツマンに師事したことの影響の深さを教えるばかりでなく、日本の物理学界がその点ではドイツにむしろ先んじていたことを示唆するかにも思われる。

ゾンマーフェルトは、それまで主としてX線の制動放射や放射性崩壊の問題を研究していたが、一九一〇年ごろから量子論の諸問題とくに非周期系へのその適用に深く関心を寄せ、活発に所見を表明した。彼のかつての弟子デバイが、プランク流の振動子を媒介とせずに空洞放射分布式を導出したのも、その直前である。

科学エッセイスト・寺田寅彦とプランク

科学エッセイで知られる寺田寅彦は、一九〇九年に海外留学の旅に出た。欧米を広く歩いているが、根拠地はベルリンであった。同年五月ベルリン大学で聴講を始める。受講科目の中にプランクの一般物理学が含まれていた。のみならず大学の物理学談話会で「プランク教授が電子論と輻射の法則の調和困難なことを論じた」のなどを聞いた。プランクが渡米しコロンビア大学で一連の講義をした時の直後に当たる。

寺田は、レイリーの『音響学』などのほかプランクの『熱輻射論』を繰り返し読み直した（宇田道隆『寺田寅彦』、弘文堂アテネ文庫、一九四八年）。この読書は、寺田のボルツマン理解を深めたが、寺田の科学観をプランクのそれに接近させはしなかったようだ。

寺田は、「自然科学研究では、人間的な要素 anthropomorphism からの開放が必要だ」とするプランクの主張に意義を認めながらも、それが曲解されることを防ぐためと称してマッハ流の感覚尊重の自然探究への親近感を繰り返し語った（『物理学序説』など）。

プランク・アインシュタイン・マッハと面談した桑木彧雄

長岡が土星型原子模型の研究に区切りを付けようとしていた一九〇七年、寺田寅彦より一年半ほど早く桑木彧雄《あや》が欧州留学に旅立ち、二年近くの期間をベルリン大学での受講に充てた。桑木は、それに先立ってアインシュタインの相対論第一論文（一九〇五年の著名な三論文の一つ）を「関係性原理」という呼び方でその年のうち!に日本の雑誌に紹介し、翌年の東京数学物理学会で「絶対運動論」一報を発表した。東京帝国大学の長岡のもとで助手のち講師の地位にあった桑木は、早くからポアンカレの科学論の紹介などに従事していた。桑木が日本学術史上で果たした役割は、次の引用#から的確に知ることができる。

［長岡が伝えた］「革命」の衝撃は、西欧諸国と日本とではその様相がすっかり異なる。日本ではまだ、変革すべき理論、つまり力学の本格的な導入が終っていなかった。これからその理論的理解を深めようとしていたところへ、いきなり変革の予告が伝えられてきたのである。日本の物理学の理論的自立の経過は、この特殊な事情をいやでも反映せざるをえなかった……。

日本の物理学者たちが、科学の方法論・認識論に積極的な関心を示すようになり、近代科学の成立・発展過程を理解しようとする歴史的反省の眼をもつようになったことは、とくに指摘しておかなければならない。

#　辻哲夫『日本の科学思想』、中公新書、一九七三年。

その後の桑木は、狭い意味での物理研究論文を殆ど発表していないが、辻の言う方法論・認識論そして歴史研究に、あるいは学界や学者の消息談や論評に筆を振るい、理学者集団の内にも外にもユニークな影響を残す。

桑木の『留学雑記』#は、長岡らのものとはたいへん異なり、生きた学者の生態およびその時代的背景の観察に満ちている――特徴的な所見および表現を抜き出してみる。

♯　初出一九一〇年。桑木『絶対と相対』、一九二二年、下出書店・所収。

プランクの名は余りポピュラーではない……しかし氏がだしたドクトル論文は熱力学第二則に関したもので……出色と云われ爾後の研究に深く関係している。〔後の教科書〕『熱力学』の中にエントロピーは自然の Vorliebe〔偏愛、選好〕を量るものであると云う言葉があるが、此論文に出ているのである。

熱輻射に関するプランクの十年来の理論的研究は……実験に符合するので著しいとせられている。併し立入った内部機構に関した根本の過程に就ては多くの論難がある。……輻射現象の不連続を容れぬ程に保守的ではないが、……徹底的に其不連続の存在を認めてエネルギーの具体的分子組織より光の具体的発散説に進もうとするラヂカルのに比べて保守的であると云う。

私が在学した頃プランクの講義を聴いていた学生の中に米人が二人いた。……また維納〔ウィーン〕大学出身のマイトナー女史がいた。放射学に関し有名な婦人である。日本人は砲兵大尉勝野正魚君と私と二人であった。

プランクの大学に於ける講義は理論物理学を七学期で全部一週〔周?〕する仕組である。毎週四時間で外に演習が一時間ある。嘗て音楽に関する一般講義をやったこともあり、自身ピアノに堪能であるとのことである……。

米国の学生は［プランクの］講義が甚だ哲学的であると驚いていた。

プランクを聴いていた学生は百二三十人で、其中女子も二十人許あった。……伯林［ベルリン］では女子は凡て単に聴講生として容されていたのであるが、去年からここも学生として入れられることになった。

プランクの住宅は伯林市外グルネワルドで大学の近所まで市街汽車の便がある。三等の月極め切符で往復していた。……

四十一［一九〇八］年四月……マッハの寓居を訪うた。……私は伯林でプランクを聴いていると云ったら、独逸の学者はスペクラチーフ［思弁的］である、英国の方が一層 gefallen する［意にかなう］だろうと云われた。……

瑞西［スイス］国ベルンの……特許局へ行き、技師アルベルト・アインスタイン氏を訪ねた（四十二［一九〇九］年三月）。三時間の暇を得たからとて外へ出られた。……午後其宅へ行く。……氏との談話は……日本人と話すのは初めて。……プランクとは此頃手紙を往復するがどんな人か#。……反対するのは心苦しいが、彼れの輻射論には同意できぬ。……マッハの説は論理的だが理学者には物足らぬ。

其後プランク教授に、旅行中アインスタイン氏に遭ったことを話したら早速に、どんな人か、猶太［ユダヤ］人かと問われた。

（追補）……［プランク］氏の量子論が一般に認められ、氏が一天才として所謂世界的盛名を得たのは、私が留学から帰ってから尚数年の後であった。

桑木の留学は、プランク、マッハ、アインシュタインと面談するといった貴重な内容をもつものであったが、訪われた三人の間には却《かえ》って面識がなく、互いに消息を知りたがったり学説批判をしたりしたという会見の有様は、殊のほか興味深い。

この種の人物消息や稀覯《きこう》典籍談は、桑木の得意とするところで、同類の書き物は大量に綴られた。好著『アインスタイン伝』は、プランクにもたびたび触れている。

ただし一方で桑木を好事家・ディレッタントと評する人も現われる。とはいえ、桑木の存在は、上掲の辻の論説が指摘する「科学の方法論・認識論への関心・科学発展への歴史的反省」を日本の学界に植え育てる上で、類を見ぬものであった。プランクについても、彼の学風がボルツマン、マッハ、アインシュタインのそれとどう違い、互いにどう関連しつつどう変遷したかなどの機微は、桑木の批評眼を通じて初めて日本学界に伝えられるようになった。長岡が手紙あるいは講演で「革命」を声高に訴えたのと比較すれば、桑木の（長岡のとほぼ同時期の）語り口は、心ある人びとの胸の奥に、じわじわと沁みいるものであったに違いない。

理論家プランクの核心に迫る日本人学者たち

桑木に五年おくれて留学した石原純は、ゾンマーフェルト、プランク、アインシュタインに師事し帰国後に相対論・量子論の論文を次々と発表し恩賜賞を受けた。前章で述べたように彼の投稿の一部は編集者プランクの校閲を経て裁可されたり拒否されたりしたが、世界に通用する日本人「理論物理」学者の最初の例が石原であったことは疑いない。

アインシュタイン相対論に反対して話題を呼んだ土井不曇は、その後、量子論にも関心を抱き理化学研究所輪講会『物理学文献抄』でプランク以後の量子論の展開を紹介している。

一九二五年にプランク主著の邦訳『理論物理学汎論』の刊行が始まる。訳者は東京大学・寺沢寛一とその門下の若手理論家たちであった。『熱力学講義』も訳された。

「窮理」の学として導入され、田中館ふうの practical physics を軸として展開され、中村（清二）ふうの物理実験学への傾斜を示してきた日本の物理学の中に、こうしてようやく本格的な「理論家」が生まれ始める。その契機となったのは、ローレンツ／長岡・桑木訳『物理学』（一九一三年）の先駆以後、何よりもまず、プランクの諸著であったと言わなければならない。

茅誠司のプランク講義

一九三〇年創立の北海道大学理学部は、気鋭の理学者を擁して新興の意気すこぶる盛であった。物理教室の茅誠司は、ベルリン国立研に在籍した経験をもちドイツ語に堪能で、学問の新しい動向に注意を怠らなかった（その点、茅のベルリン時代以来の友人で後に国立研究所ベルリン分所長となった金属学者クスマン（A. Kussmann）は、学術行政のリーダーとして茅と比肩しうるとはいえ、学問上では茅より保守的だった）。

その茅が、北大の物理学生のためにプランクの『熱力学』あるいは『熱輻射論』をテキストとする講義を展開した。私は、その当時の学生が用いた『熱輻射論』第五版の一冊を手にしたことがあるが、最終ページまで熱心にメモが書き込まれているのを見て、教師および学生の並々ならぬ「熱」意がそこから「輻射」されてくるような感を覚えた。その原著の見開きに試験問題が書き留めてあるが、出題者は当然ながら茅であろう。昭和一三年六月一〇日の日付をもつその課題をここに再録しておきたい――

1・任意ノ Energieverteilung［エネルギー分布］ヲ有スル Strahlung［輻射］ノ Temperatur［温度］ナル概念ニツキ述べヨ。

2・アル monochromatishe, geradelinig polarisierte Strahlung［単色な、直線偏光した輻射］ノ Entropie［エントロピー］Sガ次式ニテ示サレルコトヲ証明セヨ。

$$S=\frac{k\nu^2}{c^2}\left\{\left(1+\frac{c^2K}{h\nu^3}\right)\log\left(1+\frac{c^2K}{h\nu^3}\right)-\frac{c^2K}{h\nu^3}\log\frac{c^2K}{h\nu^3}\right\}$$

但シココニ　$K=\dfrac{\dfrac{h\nu^3}{c^2}}{e^{h\nu/kT}-1}$　ナリトス。

まさにプランク直伝というべき出題ぶりである（我々の挿入表の⑬、⑯も参照されるとよい）。

ちなみに学生たちは、監督者のいない教室で、時たまやって来る茅教授からヒントを与えられながら、腹が減れば出前のソバを食べたりもして深夜あるいは翌朝までねばりにねばって答案を仕上げ、それを守衛に託して帰ったそうである（雑誌『自然』、一九六一年八月号、根本順吉のインタービュー記事「宇宙線の観測を続ける人」での宮崎友喜雄の回想）。北大理学部五十年史（一九八〇年）にいうところの「牧歌時代」の学窓風景のひと駒であろう（ただし、年史への一寄稿によれば、熱力学のほうも学生の申し出で同様の自由な試験にしてもらったが、「問題が難しくなって……その場で急に勉強したのでは間に合わないということで、以後、こちらから願い下げて、普通の試験方法にしてもらったのはだらしのないことであった」由）。

哲学者の量子論理解

物理学者・長岡が心理学会や哲学会で講演したという事実からもうかがわれるように、物理学における革命的な動きは、他の分野の学者の関心を誘い出すところが多かった。

この新課題に最も深く（というのが適切でなければ、最もひんぱんに）切り込んだ日本人哲学者は、田辺元《はじめ》（一八八五～一九六二年）であった。東京帝国大学で数学と哲学を学んだ彼は、京都帝国大学教授となって西田幾太郎の哲学の影響を受けたが、後にそれを批判し、他面、ドイツ観念論・新カント派哲学の素養を基盤として自然科学の根本的な諸問題への考察を繰り広げた。初期の関心は主に相対論であったが、量子論から量子力学への発展の諸段階についても活発な議論を発表し続けた。

ここでは田辺『哲学と科学との間』（一九三七年、岩波書店）所収論文を素材として、田辺のプランク観を検討してみる。小型本だが、戦時体制に突入し始めていた日本の学術軽視傾向を批判した著名論文「科学政策の矛盾」をも収録した、注目すべき論集である。

同書所収の論文「世界観と世界像」（初出三七年三月）は、世界観と世界像との区別を出発点として書き進められる。

世界「像」は、主観の作用から抽象された既成の形象で、単なる存在を意味し、特殊科学に属する。世界「観」は、観る主観のはたらきを包含しそれを通して内から動的に世界が自己を開示する内容を意味し、価値にかかわり、哲学に属する。さて、科学の世界「像」が哲学の世界「観」から独立して自律的な地位を獲得したのは近世に於てであり、その代表がガリレイ・

ニュートンの物理学的世界像である。

今世紀の初に……マッハが……理論の仮説性、規約性、多元性を説いたのに対し、プランクは理論の実在的な意味を強調して、その当然一に帰すべきことを主張した。

〔プランクは〕現実の経験に量子論的不定性が成立するも、なお思想実験的に理念として数学的精密関係が成立し、これが実在を支配すると考えて、物理学が世界観獲得の武器たり得ることを極力主張しようとした……。量子論の創説者が、却って量子論に徹底し得ないという痛ましき矛盾が示されている。……プランクが〔数学の要素的連続論の〕要求に強いられて要素的因果律に固執し、新しき統計力学の意義を無視して、古き要素的見地を理念として観念論的に維持しようとした跡が明示されている。

以上が田辺のプランク観の前段である。思潮を俯瞰し要点を押えたものと評することはできるが、遠慮なく言えばこれは科学思想史からの「つまみ食い」に過ぎない。

論文の後段に至って田辺は次のように指摘する——

世界像の模範と考えられた物理学的世界像の実在論的統一も……新量子論によって根柢《てい》を奪われた。プランクが要求した如き人間性からの完全なる離脱は、其結果として当然制限を受けざるを得ない。物理学的世界像はそれ自身に完結した実在の模写ではなく、観察作用自身を補足面に予想する自己否定的循環的なる動的体系たる外ない。

ここに見られるプランク批判は正当である。また、「自己否定的」のくだりに、田辺哲学の特徴を認めることができる。論文終段は社会科学論に転ずる――

新物理学の観察作用に現われた排他的相互補足の関係は、社会科学に於て其認識自身の内容を成す……。

論文は、唯心論的国民主義・唯物論的階級主義の両方へのあからさまな非難で結ばれる。

時潮批判としてのみならず、プランクの主張に時おり認められる「甘さ」への批判として、田辺論文は確かにシャープなものであった。しかしながら私は、ここでも文科系・理科系の件にこだわる――田辺論文は両「系」に多くの読者をもったであろうが、両系の読者いずれもが中途半端な印象しかもち得なかったのではないだろうか。「新」物理学が対象とする非日常的な世界と社会科学が直面する日常的な世界との隔たりは、まさに懸絶的なものであるのに、田辺は、それを説き明かすことにおいて決して懇切でない。それでいて最後には「両者の対立が実践に於て絶対否定的に統一せられる」べきだと訴える。

自己了解的の評を免れないであろうこの種の論文は、一部の警世家に話題を提供し少数の科学哲学者に刺激を与える意味しかもたなかったのではあるまいか。

田辺のいう「新」物理学の核心は、一九二〇年代後半に形成された量子力学である。その成立の過程は、思想史に衝撃を加えたばかりでなく、科学

研究集団の様変わり

研究の進め方とりわけ集団活動という点での新しいトレンドを人びとに教えた。拠点はコペンハーゲンのボーアの研究所であり、日本人を含む多数の俊英がそこに留学し、活発な討論および共同の数理展開などの学風を体得して、多産性を内外に顕示した。

我々が既に見たようにプランクの直弟子はごく少ない（マイトナーは、それを「思慮ある制限」と評した）。ボーア以後、研究のスタイルもまた著しく変貌したのである。

ボーア学派から戻った後その流儀を日本へ積極的に移し替え育て上げたのは、理研の仁科芳雄である。仁科の闊達な仕事の記録#を通観すると、プランク定数 h（あるいは、むしろ $\hbar$）は随所に顔を出すが、プランク個人が話題にされた形跡は事実上まったく見られない。「歴史の変位則」はここでも見事に顕現している。

\# 日本物理学会 *Butsuri* 特集、四五巻一〇号、一九九〇年。

プランクに会えなかった湯川秀樹

湯川秀樹の回想記『旅人』#の一節をみよう——

\# 初出・朝日新聞、一九五七年。講談社一九六六年。ドイツ語訳一九八五年もある。

ある日、［京都の書店の］書棚に「量子論」という表題の英語の書物を見出した。……フリッツ＝ライへ……の……ドイツ語の原著の英訳であった。……高等学校の物理の学力では、……完全に理解することは困難であった。それにもかかわらず……それまでに読んだ、どの小説よりも面白かった。千九百年にプランクは、思いもよらぬ自然の不連続性を見つけ出した。……プランクの量子論が、……古典物理学に与えた打撃は、強烈であり、深刻であった。……一冊の書物からこれほど大きな刺激、大きな激励を受けたことはなかった。

……ライへの「量子論」は手ばなしたが、私の書斎には今なお、古い思い出を呼び覚ましてくれる洋書が何冊もある……書棚……に、五冊のドイツ語の書物が並んでいるのが見える。プランクの「理論物理学」である。

……ライへの量子論を読み終えて、間もなくのことである。……プランクの理論物理学の第一巻を見つけ出した。内容は「力学」で、……どうやら理解できそうに思われた。……根本の考え方を先ずはっきりとつかむことができるように書かれている。それから先の叙述も、論理が透徹している。読むにつれて、ますますプランクが好きになり、量子論にも余計に魅力を感ずるようになった。

ずっと後には、彼の思想が単純で、融通がきかなさすぎる点を、物足りなく感じるようになった。しかし……十代の終りから二十代にかけての私には、彼の単純ではあるが徹底した考え方が、強い共鳴を引きおこした。この違大な学者の中に、何か生得的に同質なものがあるように感じて、非常に嬉しかったのである。

文中のライヘとは、プランクの指導で論文を書いた数少ない学生の一人で、私が本書Ⅱの挿入表を作る際に参照したプランク論文集の校注者と同じ人物である。

湯川は、一九三九年、ソルベー会議に出席の予定で渡欧し、夏をベルリンで過ごし、休み明けにプランクを訪問したいと考えていた。はからずも欧州の国際関係に緊張が生じて会議は延期となり、湯川はアメリカ経由で帰国。『旅人』は、こう続ける――「運命は私の手から、永久にプランク先生にお目にかかる機会を奪ってしまった」。

プランクの宗教活動と日本

湯川とすれ違いになった当時、プランクは公職をほぼ離れ伝道行脚に心を傾けていた。戦時色に塗り替えられつつあった日本でも外国との文化交流は途絶しかける。しかし日独は軍事上の連携関係にあったから、ドイツ文献は比較的おそくまで日本に到来し、プランクの著書も広く読まれた。理論物理教科書の邦訳も堅実に進められ終戦の年に完結する。

ここでプランクの宗教上の思想や活動に眼を転ずると、江上敏『宗教と自然科学（マックス＝プランクの世界観）』（一九四一年、三省堂）といった本も現われたし、菅井準一の諸著でもプランクの宗教観への言及がなされていた。また、新井慶『物理学と世界観』（一九四六年、育成社）は戦後の発行だが内容は戦時に準備されたものであろう。

以上に見たとおり、プランクの（物理学のひとまわり外の）思想は、戦時日本の読書界にかなり伝えられてはいた。しかしながら、紹介の対象は原著『宗教と自然科学』（一九三八年）までであり、紹介のトーンは「宗教倫理科学三位一体の敬虔な世界観」という域を出ず、表面的なものに留まっていた感がある♯（【カングロー DSB】も同様な所見を抱いて、伝記記事の終段の一節で哲学・宗教の面でのプランクの足跡を歴史的に要約した）。

♯ 私だけの感想だろうが、講演『宗教と自然科学』導入部のゲーテ『ファウスト』のグレートヘンの素朴な質問「あなたは宗教をどうお考えですの」の引用などはたいへん魅力的なのに、そうした機微は日本では余り捉えられていないようである。

後の邦訳『現代物理学の思想』（二巻、一九七一～七三年、法律文化社）は、プランク「講演・回想集」（三三年）の後の版（六五年）からのもので、彼の世界観を研究するための素材として有用であろう。

科学史学の対象としてのプランク

前節に名を挙げた菅井は、先輩・桑木の影響もあって、物理学の歴史的・哲学的な側面の探究に力を入れ、プランクについてもたびたび健筆をふるった♯。

＃『科学史の諸断面』、一九四一年、岩波。『嵐の中の科学者』、四九年、日本評論社。

その傾向を存分に押し進め深めた日本人学者の筆頭は、天野清である。哲学青年・物理学徒・桑木スクール（九州大学の助手）・実験家（中央度量衡検定所の技師）という閲歴をもつ天野は、「量子論の解釈」問題を皮切りに、篤実な研究を展開し、日本科学史学会の発足（一九四一年）の頃すでに力量を高く評価されていた。

プランク研究の面で言えば【天野1】、【天野2】は、戦前の日本での最高の達成と称することができる。もちろん先駆あっての達成であって、天野の論著には、桑木ふうのお話（narrative）史談調や菅井ふうの美文詠嘆調の痕跡が残っているけれども、広範な文献精査の上に物理（理論・実験）・哲学・歴史の素養が惜しみなく重ねられたその諸作は、戦中戦後の日本学術界に強い感銘を与えた。

この機会に、天野の学殖の背景をなしたと考えられる事項二件を補っておく。(1)　物理とくに熱放射論では坂井卓三『熱輻射』（岩波講座・物理学の一分冊、一九三九年）の原典主義、(2)　哲学とくに科学論ではハイデッガーの存在論、田辺（前出、とりわけ用語「相互排他的補足性」）。一方、天野の考察が思想史・技術史にこだわり過ぎて物理そのものの論理構造に及んでいない点をあきたらなく感じた高林は、戦後に「熱輻射論の構造について」（「科学史研究」、五〇年）その他のすぐれた論著を発表した。また京都大学・物理の田村松平も科学史に造詣が深く、伝記『プランク』を書いた。

プランクの死を悼む日本学者　一九四七年、プランクの訃報が伝えられたとき、欧州の科学雑誌は、競うように追悼文を載せた#。日本では藤岡由夫が、雑誌「心」の乞いに応じて急遽、一文をつづった。藤岡は、大学生時代に長岡の指示で取り組んだ最初の輪講課題がプランクの熱放射論文##であったことを回顧し、プランク翁に親しみを感ずると筆を起こす。

#　我が国でも翌年に長岡「プランク先生の憶い出」(「科学朝日」、四八年)が出た。

##　Über die Natur der Wärmestrahlung と記されているから *Ann. d. Physik*, 1924, 272.

藤岡が率直に認めるとおり彼の追悼文は素材の大半を天野『熱輻射論と量子論の起原』に負っており、「［天野］君が健在ならば、プランクの思い出は当然君にお願いすべきである」とし、「今その空隙をうめるためにわたくしは唯君の遺著を空しく点綴《てい》し」、「秋のひと夜、在りし日の君をしのんで、静かに筆を擱《お》く」と結んでいる。

ただし後半の一段は藤岡のプランク観を表わしているので、ここに「点綴」しておく。

プランクは古典理論をよく体得して、これに終止符を打った人のような気がする。普通プランクと言えば量子論の創設者としてわけもなくかっさいするのが常であるが、わたくしは寧ろ古典理論の最後を飾った人ということを強調したいのである。……古典理論と量子論とが壁一重で隣合うものならば、その壁に通路をあけた人は、両方に通ずる道を作ったことになる。……若いアインシュタインが殆ど古典理論の仕事をせず、光量子、相対性とひたむきに革新的方向を進めたのに対し、プランクは古典理論の最後を飾ったと形容するのも無理ないことではなかろうか。

藤岡はまたプランクの著書も「古典理論の真髄を説」くものだと称揚し、量子仮説や公理論的な熱力学を語る際の彼の慎重さを指摘するが、理論物理学教科書の教育的な価値を高く評価して「全世界の若き学者に与えた影響は非常に大きいであろう」と述べた。しかし藤岡は、プランクの思想については、以下のような所見を書くに留まった。

最初はマッハの思想の影響を受けていたが、後にはマッハの実証主義に反対して理想主義を高揚した。晩年の著書になど、物理学的絶対論を説くなどその主張は甚だ積極的であり、現在の一般の物理学者とは相容れない点も多いようである。しかしわたくしは思想的な面に暗く、プランクの著書も読んでいないのでくわしく伝えられないのは残念である。

欧州学界消息を自在に交えつつ訃報を綴ってしかるべきだった桑木は、敗戦の年の春すでに他界していた。重厚で人間味のある追悼文を寄せてしかるべきだった天野も、同じ春の東京空襲で直撃を受け、その生命と学殖は無に帰してしまっていた。

あとがき

「まえがき」でご紹介した高校時代の経験のあと、私は、戦後まもない大学の工学部で応用物理学を学び、以来ながく「計測」ということを専攻していたのであるが、プランクを始祖？とする量子物理学の発展の歴史に細く長い興味を抱き続けてきた。その因縁は数々あるが、どれもこれも本書執筆の動機と繋っているので、順次に列挙し、それらをそっくり、謝辞として関係各位にお伝えしたい。

1. 学生のとき天野清氏の遺著に接して感銘を受け、後に『量子力学史』新装版校訂の栄と遺稿断片閲読の機会に恵まれ、ご遺族との交際をもつに至った。
2. 中央度量衡検定所（現在の計量研究所）で熱放射測定や単位の仕事に携わった。
3. 同所の『D・ボーム、量子論』輪講会仲間から多くの刺激と示唆を受けた。
4. ドイツ国立物理工学研究所にしばらく在籍し、プランク教授の口答試問を受けた世代の長老研究員とも接触した。
5. 物理学史専攻の高林、広重、辻、西尾ほかの諸氏と仕事を共有する機会をもった。

6. 北海道大学に移ってからは、中川鶴太郎教授らの手引きで理学の古典や雑誌バックナンバーに接することを得、また近代科学史研究志望の若手諸君との交友をもった。
7. 計量研究所の盛永・田村両君からドイツ国立研の近況その他の資料の提供を受けた。
8. 旧友・小出昭一郎教授は折々の厚情に加えてこの度も小著の執筆を勧めて下さった。
9. 清水書院の清水氏・荻原氏は、時宜を得た励ましと手際よいビジネス処理で、本書の成立を助けて下さった。

一九九一年 春、札幌　　　　高田誠二

プランク年譜

西暦年	プランク伝	科学史・技術史	一般史
一八五八	四月二三日、キールで誕生	ダーウィン・ウォレス進化論	安政の大獄
六八	ミュンヘンに移る		明治維新
七五	ミュンヘン大学入学	メートル条約	歌劇カルメン
七八	ベルリン大学に移る	エジソン・白熱電球	パリ万博
七九	学位を受ける	全放射のT四乗法則	田中正平留学
八〇	ミュンヘン大学私講師		
八五	キール大学員外教授・結婚	バルマー系列	天津条約
八七	エネルギー論文で受賞	国立物理工学研究所創設	鹿鳴館に電灯
八九	ベルリン大学員外教授	ルンマー‐ブロジュン光度計	日本帝国憲法
九二	ベルリン大学正教授	レーナルト・陰極線	「万朝報」創刊
九三		ウィーン・変位則	長岡留学
九五	熱放射研究に着手	ウィーン‐ルンマー空洞実現	日清講和
九六		ウィーン・分布法則	第一回オリンピック
九七	『熱力学講義』初版	トムソン・電子の比電荷	
九九	二定数a、bに注目	イギリス国立物理研究所創設	トルストイ『復活』

一九〇〇	放射分布の公式	赤外放射の実験進む	治安警察法
	エネルギー量子仮説		夏目漱石留学
〇一		光高温計の考案	福沢諭吉没
〇五		アインシュタイン三論文	日露講和
		レイリー-ジーンズ法則	
〇六	『熱輻射論』初版	ボルツマン没	鉄道国有法
	作用量子の概念		
〇七	ライデン講演	アインシュタイン・比熱論	桑木留学
〇八		ヘリウム液化	漱石『三四郎』
〇九	渡米、コロンビア大で講義	アインシュタインゆらぎ論文	寺田留学
	夫人死去		
一〇	再婚	ソルベー会議	ハレー彗星
一三	ベルリン大学総長	デバイ・比熱論	岩波書店開業
	『熱輻射論』二版	ボーア・原子構造論	
一四		ラウエ・ノーベル物理学賞	第一次大戦勃発
一五		一般相対論・大陸移動説	『哲学叢書』
一六	『理論物理学』刊行開始	デバイ・X線分析	鴎外『高瀬舟』
一八	六十歳記念	ボーア・対応原理	大戦終結
	ノーベル物理学賞		富山で米騒動
二三	『熱輻射論』五版	ドブロイ・物質波概念	ヒットラー蜂起

一九二五	『理論物理学』邦訳開始	量子力学の発端	治安維持法
二六	名誉教授	波動力学、ボーア・相補性	『マルキシズム叢書』
二八	ベルリン大学引退	ガモフ・トンネル効果	日本・普通選挙
二九	学位五十年記念	場の量子論	世界恐慌
三〇	KW協会♯総裁	ディラック・空孔理論	ドイツ総選挙
	『理論物理学』完結	サイクロトロン	
三三	ヒットラーと会見	フェルミ・β崩壊理論	ナチス政権
三八	『熱力学講義』邦訳		国家総動員法
三九		原子爆弾の着想	第二次大戦勃発
四五	ベルリンで被災	原子爆弾の投下	大戦終結
四六	KW協会♯名誉総裁		雑誌『自然』
四七	一〇月四日、ゲッチンゲン	マックス＝プランク協会成立	日本国憲法
	で死去		世界人権宣言
四八	自伝刊行	トランジスター	㈱科学研究所
五八	論文講演集刊行		
七五	『熱輻射論』邦訳		

♯ KW協会＝カイザー・ウィルヘルム協会（後のマックス＝プランク協会）

文　献　（記号の五十音順）

【天野1】天野清『熱輻射論と量子論の起原』、一九四三年、大日本出版。

【天野2】天野清『量子力学史』、一九四八年。復刊一九七三年、中央公論社。

【カーン】D. Cahan : *An Institute for the Empire, The Physikalisch–Technische Reichsanstalt*, 1989, Cambridge UP.

【カングロー】H. Kangro : *Vorgeschichte des Planckschen Strahlungsgesetzes*, 1970, Franz Steiner

【カングロ－DSB】‘Planck’ by H. Kangro in *Dictionary of Scientific Biography*.

【クーン】T. Kuhn : *Black–Body Theory and Quantum Discontinuity*, 1978, Oxford UP. 後の論文 “Revisiting Planck” in *Historical Studies in the Physical Sciences*, 14(1988), p.231–252と合わせて再刊、1987, Univ. of Chicago Press.

【ゲルラッハ】W. Gerlach : *Die experimentellen Grundlagen der Quantentheorie*, 1921, F.Vieweg.

【高林】高林武彦『現代物理学の創始者』、一九八八年、みすず書房。

【トリッグ】G. L. Trigg : *Experimente der modernen Physik, Schritte zur Quantenphysik*, 1984, F. Vieweg. *Crucial Experiments in Modern Physics*, Crane, Russak, 1975 の K.–H. Heinig による独訳。

【長岡伝】板倉聖宣・木村東作・八木江里『長岡半太郎伝』、一九七三年、朝日新聞社。

【西尾】別掲【プランク輻射論】邦訳への解説。

【ニーデル】別掲【プランク輻射論】英訳への解説。

【ハイルブロン】
1．J. L. Heilbron : *Max Planck —Ein Leben für die Wissenschaft 1858–1947*, 1988, S. Hirzel Verlag. 本体は、次に示す英文の内容をほぼ忠実にドイツ語で表現したものだが、資料的にはより詳しくなっており、後半に、プランクの自伝・著作・講演などから一般性のあるもの一九篇の再録が加えられた。
2．J. L. Heilbron : *The Dilemmas of an Upright Man*, 1986, University of California Press, 副題 *Max Planck as Spokesman for German Science*.
紹介　「パリティ」、二巻五号、九〇ページ、一九八七年、〔高田誠二〕
　日本物理学会 *Butsuri*, 四三巻六号、四六八ページ、一九八八年、〔中川鶴太郎〕
【プランク熱力学】*Vorlesungen über Thermodynamik*, 初版 1897, Veit u. Comp. 第八版（1927）の邦訳・芝亀吉『プランク熱力学』、一九三八年、岩波書店。A. Oggによる英訳（reprint 1945, Dover）もある。
【プランク論文邦訳】熱放射理論・論文の邦訳と解説。
A．【天野1】の巻末（原文つき）。
B．【辻ほか】物理学古典論文叢書『熱輻射と量子』、一九七〇年、東海大学出版会。同叢書『光量子論』、一九六九年も関連が濃い。
【プランク輻射論】*Vorlesungen über die Theorie der Wärmestrahlung*, 初版 1906, J. A. Barth. 原著は第五版(1923)とそのレプリント(1966)まで出た。初版の邦訳と解説　西尾成子『プランク　熱輻射論』、一九七五年、東海大学出版会。第二版(1913)は、初版に根本的な修正を施したものであり、Morton Masiusによる英訳（フィラデルフィア、c1914）は、量子論のアメリカへの波及に貢献したが、最近 The History of Modern Physics 双書（Tomash Publisher）のvolume 11（1988）に *The Theory of*

*Heat Radiation*の題で初版独文およびA. A. Needellによる解説と共に収録された。
【プランク自伝】*Wissenschaftliche Selbstbiographie*, 1948, J. A. Barth.【ハイルブロン】のドイツ語版に収録。
【ヘルマン】A. Hermann : *Frühgeschichte der Quantentheorie*, 1969, Physik-Verlag. C. W. Nashによる英訳 *The Genesis of Quantum Theory*, 1971, The MIT Press.
【マッハ】E. Mach : *Die Principien der Wärmelehre*, 1896, J. A. Barth, 四版(1923)の邦訳と解説 高田『熱学の諸原理』、一九七八年、東海大学出版会。
【メーラ】J. Mehra & H. Rechenberg : *The Historical Development of Quantum Theory*, vol.1-pt.1, 1982, Springer Verlag.
【ヤンマー】M. Jammer : *The Conceptual Development of Quantum Mechanics*, 1966, McGraw-Hill. 邦訳 小出昭一郎『ヤンマー量子力学史』、一九七四年、東京図書。
その他、本書では利用しなかったが、関連する主要文献として以下のものを挙げておく。
(1) M. Planck : *Das Prinzip der Erhaltung der Energie*, 1887, Teubner. 邦訳『エネルギー保存の原理』、一九三〇年、春秋社。
(2) M. Planck : *Vorträge und Erinnerungen*, Hirzel, 1933. 邦訳『現代物理学の思想』、一九七一～七三年、法律文化社。
(3) 田村松平 『プランク』、一九五〇年、弘文堂。
(4) M. Planck : *Physikalische Abhandlungen und Vorträge* : 3 Bde., 1958, Vieweg.
(5) A. Hermann : *Max Planck in selbstzeugnissen und Bilddokumenten*, 1973. 邦訳『プランクの生涯』、一九七七年、東京図書。

さくいん

【人名】

【事 項】

プランク■人と思想100　　定価はカバーに表示

1991年12月15日　第1刷発行©
2015年9月10日　新装版第1刷発行©

・著　者　……………………………高《たか》田《だ》誠《せい》二《じ》
・発行者　……………………………渡部哲治
・印刷所　…………………………広研印刷株式会社
・発行所　………………………株式会社　清水書院

〒102-0072　東京都千代田区飯田橋3-11-6
Tel・03(5213)7151～7
振替口座・00130-3-5283
http://www.shimizushoin.co.jp

検印省略
落丁本・乱丁本は
おとりかえします。

CenturyBooks

Printed in Japan
ISBN978-4-389-42100-7

CenturyBooks

清水書院の〝センチュリーブックス〟発刊のことば

近年の科学技術の発達は、まことに目覚ましいものがあります。月世界への旅行も、近い将来のこととして、夢ではなくなりました。しかし、一方、人間性は疎外され、文化も、商品化されようとしていることも、否定できません。

いま、人間性の回復をはかり、先人の遺した偉大な文化を継承して、高貴な精神の城を守り、明日への創造に資することは、今世紀に生きる私たちの、重大な責務であると信じます。

私たちがここに、「センチュリーブックス」を刊行いたしますのは、人間形成期にある学生・生徒の諸君、職場にある若い世代に精神の糧を提供し、この責任の一端を果たしたいためであります。

ここに読者諸氏の豊かな人間性を讃えつつご愛読を願います。

一九六七年

SHIMIZU SHOIN

【人と思想】 既刊本

老子	高橋　進
孔子	内野熊一郎他
ソクラテス	中野　幸次
釈迦	副島　正光
プラトン	中野　幸次
アリストテレス	堀田　彰
イエス	八木　誠一
親鸞	古田　武彦
ルター	小牧　治 泉谷周三郎
カルヴァン	渡辺　信夫
デカルト	伊藤　勝彦
パスカル	小松　摂郎
ロック	浜林正夫他
ルソー	中里　良二
カント	小牧　治
ベンサム	山田　英世
ヘーゲル	澤田　章
J・S・ミル	菊川　忠夫
キルケゴール	工藤　綏夫
マルクス	小牧　治
福沢諭吉	鹿野　政直
ニーチェ	工藤　綏夫
J・デューイ	山田　英世
フロイト	鈴村　金彌
内村鑑三	関根　正雄
ロマン=ロラン	村上　嘉隆 村上　益子
孫文	横山　英 中山　義弘
ガンジー	坂本　徳松
レーニン	中野　徹三 高岡健次郎
ラッセル	金子　光男
シュバイツァー	泉谷周三郎
ネルー	中村　平治
毛沢東	宇野　重昭
サルトル	村上　嘉隆
ハイデッガー	新井　恵雄
ヤスパース	宇都宮芳明
孟子	加賀　栄治
荘子	鈴木　修次
アウグスティヌス	宮谷　宣史
トーマス・マン	村田　經和
シラー	内藤　克彦
道元	山折　哲雄
ベーコン	石井　栄一
マザーテレサ	和田　町子
中江藤樹	渡部　武
ブルトマン	笠井　恵二
本居宣長	本山　幸彦
佐久間象山	奈良本辰也 左方　郁子
ホッブズ	田中　浩
田中正造	布川　清司
幸徳秋水	絲屋　寿雄
スタンダール	鈴木昭一郎
和辻哲郎	小牧　治
マキアヴェリ	西村　貞二
河上肇	山田　洸
アルチュセール	今村　仁司
杜甫	鈴木　修次
スピノザ	工藤　喜作
ユング	林　道義
フロム	安田　一郎
マイネッケ	西村　貞二
エラスムス	斎藤　美洲
パウロ	八木　誠一
ブレヒト	岩淵　達治
ダンテ	野上　素一
ダーウィン	江上　生子
ゲーテ	星野　慎一
ヴィクトル=ユゴー	辻　昶 丸岡　高弘
トインビー	吉沢　五郎
フォイエルバッハ	宇都宮芳明

ラス=カサス	染田秀藤
吉田松陰	高橋文博
パステルナーク	前木祥子
パース	岡田雅勝
南極のスコット	中田　修
アドルノ	小牧　治
良　寛	山崎　昇
グーテンベルク	戸叶勝也
ハイネ	一條正雄
トマス=ハーディ	倉持三郎
古代イスラエルの預言者たち	木田献一
シオドア=ドライサー	岩元　巌
ナイチンゲール	小玉香津子
ザビエル	尾原　悟
ラーマクリシュナ	堀内みどり
フーコー	今村仁司 栗原　仁
トニ=モリスン	吉田廸子
悲劇と福音	佐藤　研
リルケ	星野慎一 小磯　仁
トルストイ	八島雅彦
ミリンダ王	森　祖道 浪花宣明
フレーベル	小笠原道雄
ヴェーダからウパニシャッドへ	針貝邦生
ベルイマン	小松　弘
アルベール=カミュ	井上　正
バルザック	高山鉄男
モンテーニュ	大久保康明
ミュッセ	野内良三
ヘルダリーン	小磯　仁
チェスタトン	山形和美
キケロー	角田幸彦
紫式部	沢田正子
デリダ	上利博規
ハーバーマス	小牧　治 村上隆夫
三木　清	永野基綱
グロティウス	柳原正治
シャンカラ	島　岩
ハンナ=アーレント	太田哲男
ミダース王	西澤龍生
ビスマルク	加納邦光
オパーリン	江上生子
アッシジのフランチェスコ	川下　勝
スタール夫人	佐藤夏生
セネカ	角田幸彦
ペテロ	川島貞雄
ジョン・スタインベック	中山喜代市
漢の武帝	永田英正
アンデルセン	安達忠夫
ライプニッツ	酒井　潔
アメリゴ=ヴェスプッチ	篠原愛人
陸奥宗光	安岡昭男